荒木靖生

万葉歌の世界

海鳥社

表紙カバー・本文絵＝荒木照子
本文写真＝「万葉の植物たち」江口司
「奈良、飛鳥に魅せられて」著者

カバー絵
表＝檜扇（ひおうぎ）　赤黄色の花をつける檜扇が直接詠まれた万葉歌はない。花の後の黒い実（ぬばたま）が枕詞として用いられた、多くの万葉歌がある。
裏＝思い草（ナンバンギセル）

上：山吹（やまぶき）
左下：卯木（うつぎ）
右下：葛（くず）

右：定家葛（ていかかずら）
左：弓弦葉（ゆずるは）
下：堅香子（かたかご）

上：藤（ふじ）
下：ねこやなぎ

上：山桜（やまざくら）
下：枳（からたち）

序にかえて……私と『万葉集』

最初の『万葉歌』と私の出合いは、小学校（国民学校初等科）時代であった。既に日米開戦後のことであったと思う。

あをによし奈良の都は咲く花の薫ふがごとく今盛りなり

がそれであった。さらに、

御民我生ける験あり天地の栄ゆるときにあへらく思へば

で皇国賛美が教えられた。戦争が熾烈化してくると、つぎの古代防人の歌に曲がつけられたものを歌わされていた。

今日よりは顧みなくて大君の醜《しこ》のみ楯《たて》と出でたつ我は

また、大伴家持《おおとものやかもち》の長歌の一部は軍歌「海行かば」の歌詞となった。

海行かば水漬く屍山行かば草生す屍大君の辺にこそ死なめ顧みはせじ

そして、このような忠君愛国の歌が収められたものが『万葉集』と教えられてきた。そのころ、

家にあれば笥に盛る飯を草枕旅にしあれば椎の葉に盛る

という有間皇子《ありまのみこ》の歌は、いつ、誰が、どんなときに詠んだのかも知らされないままに「行軍中に詠まれた歌である」との説明を信じていた。

戦後、持統《じとう》天皇、柿本人麻呂《かきのもとひとまろ》、山上憶良《やまのうえおくら》、山部赤人《やまべのあかひと》などの歌が国語の教科書に見えるようになったが、私にとっての『万葉集』のイメージは大して変わってはいなかった。

もちろん、戦時中にその原典を入手したとしても、とても読みこなし得るようなものではなかったろう。記・紀のように『万葉集』が詳しく明かされなかったのは、戦意昂揚のためになるような前記の数首はさておき、戦時下の国民に「恋の歌」や「万世一系」の皇統譜に疑いを持たせるような歌集は無用のものだったからであろう。

まず、『日本歴史展望2――万葉びとの夢と祈り』（直木孝次郎、岩本次郎責任編集、旺文社）で上代（飛鳥～奈良時代）の人々の夢とロマン、そして権力を巡る諍いや皇位継承争いの歴史

が秘められていることを知った。例えば「家にあれば――」の歌は確かに行軍中とはいえ、作者・有間皇子が、反逆の罪に問われ刑場へ護送中に詠まれたものであることは、以前には知るよしもなかったのである。

そんなことが『万葉集』に興味を持つきっかけとなった。

幸い以前に購入していた『完訳日本の古典』（小学館）が手元にあり、『万葉集』も全てが揃っていた。その「巻一」～「巻三」にある、天智・天武天皇はじめ皇族歌人たちの人脈や歴史的な背景に興味をそそられた。

早速、日本通信教育連盟の古典観賞講座「万葉集」を受講し始めた。同時にこのころ、万葉時代の歴史小説が作家の黒岩重吾氏によってつぎつぎに出版されていたので、それを読み漁った。そして、飛鳥人に愛着を覚えたのだった。

十数世紀以前に実在した飛鳥人たちの和歌のなかに詠まれた花や植物は、今でもどこでも見ることができる。その「万葉の植物たち」への私の思いを、これまでの生涯のなかでの私の体験や経験、多くの人々との邂逅や離別の思い出などと結びつけ、回顧的な小文にしたためてきた。それを鳥栖郷土研究会編集の「栖」に連載させていただいたものが、第一部の「万葉の植物たち」である。

私の住む近くに吉野ケ里遺跡があるが、当時の遺品も数多く出土しており、古代を遡るうえできわめて貴重なものであろう。しかし万葉歌には、千三百年前に生きた人々の感情までもが溢れているのである。

初めて奈良・大和を訪れたころから万葉歌に親しみ始めた私は、その後たびたびこの地を訪れることになった。奈良・大和の魅力は、万葉歌へ親しむほど増していった。こうして、万葉歌の背後にある飛鳥から奈良時代までの人々の、権力をめぐる諍いや時代背景、そして奈良・大和への想いなどを「鳥栖三養基医師会報」に二十七回にわたり掲載していただいた。これを第二部「奈良、飛鳥に魅せられて」としてまとめた。

私が生きた時代（昭和六年以降）の社会背景を考慮して読み取っていただければ幸いです。

荒木靖生

平成十五年十月二十日

万葉歌の世界◉目次

奈良、飛鳥に魅せられて―――― 127

万葉の植物たち

梅（うめ）……バラ科

万葉植物のなかで、萩についで多く詠まれているものが梅。天平二（七二〇）年正月、大宰帥の大伴旅人《おおとものたびと》の官邸で催された「梅花の宴」の際の歌だけでも三十二首が数えられ、帥《そち》、大弐《だいに》以下の官人二十一人が参集している。

春されば木末隠《こぬれがく》りてうぐひすそ鳴きて去《い》ぬなる梅が下枝《しづえ》に（巻五・八二七）

（春になると梢に隠れて、うぐいすが鳴いて移り行く、梅の下枝に）

この歌もそのときの一首だが、既にこのころから「梅と鶯」の組み合わせがあったのだろうか……。

昭和四十一年、当時大阪府下に住んでいた私は、妻と当時二歳の長男を、東京オリンピックの年（昭和三十九年）に開通した新幹線に初めて乗せるため、新大阪から名古屋まわりで鳥羽への一泊旅行に出かけた。

車中、京都から前の席に座った親子の会話が、それとなく聞こえてきた。その父親は、小学三年生と六年生という兄弟に「桃と桜と梅はどんな順番で咲くのか」、そして「それらが咲くころ、各々どんな行事が思い浮かぶだろうか」と尋ねていた。

お兄ちゃんは正しい順序と、桃と桜について「桃の節句」と「入学式」を挙げたが、梅についてはちょっと困惑の体であった。私はそれについて父親がどんな説明をするかに少なからぬ興味を覚え、耳をそばだてていた。

父親の説明は「節分の豆撒き」から始まった。二月初旬の「節分と立春」の関係、「立春」は「春が立つ」と書いて「早春」の代名詞であり、そのころから梅が咲き始めることを教えていた。続いて「早春」には、寒い北風から東風の吹き始める季節であること、東風を「こち」と呼ぶこともつけ加えられた。

梅（うめ）

聡明そうな兄弟は、その後も菅原道真《すがわらのみちざね》の「飛梅」の故事などについての父の説明にも真剣に耳を傾けていた。

おりからの大雪で、関ケ原あたりは徐行運転だったため、この親子の会話の始終を聞くことができた。この会話に感心させられた私は、その内容を未だに忘れられないでいる。

菅原道真と梅については「飛梅」の故事が、そして太宰府天満宮といえばすぐ庭園の梅林が頭に浮かんでくる。その菅公を祭る天満宮の社紋には梅の花びらがあしらわれている。このように「菅公と梅」については因縁浅からぬものを感じるが、ここ太宰府では、既に菅公配流約二百年以前の奈良時代に、大伴旅人によって「梅花の宴」が行われていた。

『万葉集』のなかにある「梅花の宴」の序文が私は好きである。

梅花の歌三十二首　并せて序
天平二年正月十三日に、帥老《そちのおきな》の宅《いへ》に萃《あつ》まりて、宴会を申《の》ぶ。
時に、初春《しよしゆん》の令月《れいげつ》にして、気淑《よ》く風和《やはら》ぐ。梅は鏡前《きやうぜん》の粉を披《ひら》き、蘭は珮後《ばいご》の香《かう》を薫《かを》らす。
（中略）詩に落梅《らくばい》の篇《へん》を紀《しる》す、古《いにしへ》と今と夫れ何か異ならむ。宜しく園梅《ゑんばい》を賦《ふ》して聊《いささ》かに短詠《たんえい》を成すべし。

難しい漢字混じりの文章だが、声にしてみるとなんだか、かつての旧制高等学校寮歌の巻頭言のようである。

我《わ》が園《その》に梅の花散るひさかたの天《あめ》より雪の流れ来るかも　（巻五・八二二）

当日の主人《あるじ》、旅人の歌である。大宰帥の官邸の庭にも少なからぬ数の梅が植えられていたのだろう。唐から移入された梅はまだ、白色の一重咲きのものだけだったらしいが、その時代には珍重され愛好されていた。このようなことで「太宰府と梅」の間には一層深い因縁を感じている。

立春も過ぎ、我が家の庭にも紅白の梅の花がちらりほらり咲き始めている。新幹線で見た兄弟も今や四十路に近い年齢だろう。そして父から教えられたものを今度は彼らの子どもたちに伝えていることであろうか……。

（平成四年二月）

堅香子・片栗（かたかご・かたくり）……ユリ科

大阪の友達から、万葉歌が書かれたカレンダーが送られてきたのは、平成五年の始めのことであったろうか。彼の奥さんの郷里である高岡市に万葉記念館が完成し、その記念に発行されたものであった。それには大伴家持《おおとものやかもち》が越中国守《えつちゆうくにのかみ》として在任中に詠んだ歌があった。

もののふの八十郎子《やそをとめ》らが汲《く》みまがふ寺井《てらゐ》の上の堅香子《かたかご》の花（巻十九・四一四三）

しばらくして、「庭にかたくりが植えてあって、春になると芽を出す。それが二枚の葉になると、その間から花柄を出して、その先に紅紫色の花をつけるまことに可憐な花で、眺めていい気分になる」という書き出しで、「佐賀新聞」に小沼丹《おぬまたん》さんの随筆「かたかごの花」が載っていた。

そんなことから、この花の名が私の脳裏に刻まれたが、まだ実際に花を見たことはなかった。『かたくり』の古名が『かたかご』で、『傾いた籠状の花』の意味らしく下向きに咲き、花弁が反り返る形から連想したものだろう。そして、この鱗茎（球根）から採れる澱粉が『片栗粉』です」と野草図鑑の説明がある。

一度実物を見たいと思って、二、三の園芸店や山野草のある店を覗いて見たが、私の望みは達せられなかった。山仕事に携わる人に聞いても、大抵は「葛」と間違えられた。

黒岩重吾さんの古代歴史小説が好きで、『茜に燃ゆ —— 小説額田王』（中央公論社）はじめ、かなりの数の同時代のそれを読み漁るうち、そのなかの二冊で奇しくも「かたかごの花」の記載に遭遇した。

その一つは先の『茜に燃ゆ』で、額田王の姉といわれる鏡女王《かがみのおおきみ》について、「かたかごの花のような可憐な女人だった」と形容してあり、また別のところでは「野に咲くかたかごの花を摘み採りその香を嗅ぎながら大海人皇子《おおあまのみこ》に渡した」とあった。つぎに『落日の王子　蘇我入鹿』（文藝春秋）には、嫋々《じょうじょう》としたその姿を「女人の唇に似た可憐なかたかごの花が羞らうように春風に揺れ……」と表現されていた。

古くは大伴家持に、また現代の二人の作家をして、この花を可憐なものとして捉えさせたも

堅香子（かたかご）

のは果たしてなんだったのだろうか。

鏡女王は、はじめ中大兄皇子《なかおおえのみこ》に愛され、後に藤原鎌足《ふじわらのかまたり》に下賜され、彼の嫡室となった女人である。当時は一夫多妻の時代で、皇太子の妃ともなれば選り抜きの美女だったろうことは想像に難くない。

一時とて皇太子妃であった人が臣下の妻とされることには少なからぬ心の抵抗があったに違いない。悲しい運命に涙を堪えて素直に従った哀れな美女には、一抹の侘しさと同情の念を禁じ得ないものがある。

「可憐」は「愛くるしいさま、あわれむべきさま」を指しているが、その愛くるしい姿の花を見ると、人はちょっと指で触れ、その香りを嗅いでみたくなるものかもしれない。人里離れた山中や野原に自生するこの嫋々としたかたかごの花が、厳しい冬に耐えながら芽を出し、茎を伸ばし、そしてほんの暫くの間花をつけ、また土に還るその姿に、一際強く「もののあわれ」を感じさせられるのだろう。

昨年、初めて奈良の春日大社の神苑で見ることができ、その姿に魅せられた。山野草にこだわって写真撮影に出かけられる方から、九州では中央山地に咲いていることを教えていただいたが、そこへ出かけるのにはいささか歳を取り過ぎたようで残念である。

（平成十五年三月）

栗・久利（くり）……ブナ科

実家に一本の栗の大木があった。当時私の家には川砂を置いた砂場があり、私が小学校入学の年（昭和十三年）、砂のなかに保存されていた栗の実の一つが芽を出し、そのまま生育して幹周り一・五メートル近い大木となったものであった。

そのときの栗の実は、医師だった伯父が「丹波篠山から送ってくれたもの」と母が語っていた。たまたま私の小学校入学の記念樹となったそれは、私が医師国家試験合格の年、そのことを見極めたかのように亡くなった伯父を思い出す所縁の木でもあった。

それが数年前の台風十九号で根こそぎ吹き倒されてしまった。もしも反対向きに倒れていたならば、隣の家の屋根を直撃し、かなりの被害をもたらしたに違いない。その意味では不幸中の幸いであった。

年末になると、栗の小枝を切り取ってきて、人数分の箸を作ることが、幼少時の私の役割であった。栗の枝を削って作られた箸がお正月のお膳に置かれ、それでお節料理や雑煮を食べる習わしがあった。

一方栗の実は、運動会や遠足のとき、茹でられたものを誇らしげに口にしたものである。それほど大きな栗の実をたわわに実らせ続けたものだった。

栗（くり）の花

お正月料理の「栗きんとん」は子どもには魅力あるもので、栗は「勝ち栗」、黒豆については「まめまめしくあるように」、するめには「悪いことはするめ（するまい）」、昆布は「よろ昆布（喜《よろこ》ぶ）」の念願が込められていることを教えられた。そして栗の渋皮を剥く母の側で、「悪いことするめ」、「よろ昆布」と言いながら、するめや昆布を短冊状に細く切ったことを思い出す。それは加勢というより、むしろ「きんとん」のできあがりを待ち、いち早く試食せんがための暇潰しであったというのが本音であったけれど。

「くり」はブナ科の山野に自生する落葉樹で、人家に植栽されているものは、その改良種である。

大伴旅人が大宰帥であったころの筑前国守・山上憶良《やまのうえおくら》は「子等を思ふ歌」のなかにこう詠んでいる。

瓜食《うりは》めば　子ども思ほゆ　栗食めば　まして偲《しぬ》はゆ　いづくより　来りしものそ　まなかひに　もとなかかりて　安眠《やすい》しなさぬ（巻五・八〇二）

（瓜を食べると子どもらが思い出される。栗を食べると、ましてしのばれる。どこからきたものなのか、眼前にむやみにちらついて眠らせないのは）

藤原京や平城京の宮殿の跡から「まくわうり」の種が見つかり、持統七（六九三）年には栗の栽殖を勧める記録がある。そのいずれもが、当時は旨いものとされていたらしい。

昔であれば、倒れた栗の大木は何かに利用されたのだろうか。せめて、薪の山ができたかもしれないが、今では薪を使うこともない。台風で倒れた我が家の栗の木は、私と共に約半世紀生き続けてきたものだけに、一本の木とはいえ未練の気持ちは絶ちがたいがどうにもならない。五月ごろ特有の匂いを漂わせ梢いっぱい真っ白な花をつけ、秋には朝早く起きて嬉々としてその実を拾い集めた日々は、既に遠く過ぎ去った昔のこととなった。もう、お正月用にと栗の木の枝を削って箸を作る習慣もほとんど残っていないものとなってしまった。

現在、切株から芽を吹いた二世が、既に幹周り約三十センチほどのものとなり、再び実をつけ始めた。

（平成八年一月）

桜（さくら）……バラ科

昭和十三年、小学校入学時の文部省編纂『小学国語』の最初のページは「サイタ　サイタ　サクラガ　サイタ」だった。その前後に政党は解散させられ、やがて大政翼賛会が編成され、挙国一致内閣が誕生した。学校も尋常小学校から国民学校と名称が変わり、「愛国心」や「一億一心」が求められる時代となった。

敷島《しきしま》の大和心《やまとごころ》を人問はば朝日に匂ふ山桜花《やまさくらばな》　本居宣長
久方《ひさかた》のひかりのどけき春の日にしづ心なく花の散るらむ　紀友則

などが高学年の教科書に現れ、「大和心」や「大和魂」が強調され、「物量」に対し「精神力・大和魂」が至高のものとされた。

「花と散る」――現代では耳慣れないこの言葉（「花が散る」ではない）は「散華」である。仏教用語のそれではなく、戦死を美化する言葉であり、「花」すなわち「桜」の散り際の潔さ、生きざまの潔さを指している。「散ってこそ花は惜しまれる」、「散る桜、残る桜も散る桜」などと、戦時中の「死の美学」めいたものが、知らず知らずのうちに少年時代から教育されていたのであったろうか。

そのころ、万葉歌が引き合いに出されるものとしては、大伴家持の「海行かば――」や、西国に向かう防人の詠んだ歌がもてはやされた。

今日よりは顧《かへり》みなくて大君の醜《しこ》のみ楯《たて》と出で立つ我は（巻二十・四三七三）

いつだったか、あるテレビ番組のなかで、俳優の西村晃さんが戦時中の航空予備士官の生存者として、特攻攻撃で死んでいった出陣学徒の同期生を思い、「生き残ったことに対し、内心忸怩《じくじ》たる思いなしとは言わないが、それより『一死無生』の肉弾攻撃を疑問視しながらも、『悠久の大義に殉ずる』とでも言わなければ自らの死を納得させ得なかった亡き友の心情を思うと耐えられない。生き残った者としては、折りに触れ、どこにあっても、その鎮魂と冥福を祈らずにはいられない。その心は、当時一緒に生きた者の精神的文化遺産として認めてほし

山桜（やまざくら）

い」と語っていたのが印象的であった。

そんなことは露知らぬ桜の花は、そんな時代も春になれば無心に美しい花を咲かせ続けていた。

あをによし奈良の都は咲く花の薫《にほ》ふがごとく
今盛りなり（巻三・三二八）

大宰府にあって、はるか平城京をしのび詠んだ大宰少弐・小野老《おののおゆ》朝臣の歌である。「花」は勿論「桜」である。

見渡せば春日《かすが》の野辺に霞《かすみ》立ち咲きにほへるは
桜花《さくらばな》かも（巻十・一八七二）

春を彩る桜が詠まれた歌は万葉歌の約一パーセント、四十二首あるという。この時代の桜は「山桜」のことである。

元来、「桜」といえば「美しいもの」の代名詞のようなものであり、霞と見紛うほどに野や山に咲き誇る姿は見事で、まさにのどかで平和な光景である。このような姿こそ、本来「国の花」といわれた所以《ゆえん》であろう。

かつて尾崎行雄氏が東京市長時代にアメリカに贈った桜は、一時期の両国の不幸の時代を除いて、今なお日米親善の証としてポトマック河畔をその花で飾り続けている。しかし、そのお返しとしてアメリカから贈られた「アメリカハナミズキ」の原木はもとより、それが植えられた場所すら明らかでないのは残念である。

鳥栖市内にも、このアメリカハナミズキが街路樹として植えられているところがある。粋《いき》な計らいではあるが、ウドンコ病が大敵であるこの木の十分な管理を望みたい。

（平成六年四月）

狭根葛・佐奈葛（さねかずら・さなかずら）……モクレン科

小さな赤い実を結ぶ草や木は数多い。梅もどき、千両、万両、やぶこうじ、枸杞《くこ》、そして、さねかずらなどなど……。時季になると黐《もち》の木の実には小鳥たちが数多く集まってくる。「あか」と書くそれには、赤、朱、丹、緋、赧、紅など、少しずつニュアンスの違った漢字がそれなりに用いられている。

奈良公園の春日大社神苑は「万葉植物園」ともなっており、そこで「さねかずら」を初めて

狭根葛（さねかずら）

見る機会があった。その「あか」に心魅せられて思わず足を止めたことがある。未だにどの漢字が適当なものであるのかに迷っている。そして、奈良での「あか」にまつわる忘れ難い思い出が残った。

赤木信博君――。やや大柄でおっとりした彼は男性にしては色白で、寒い風に当たったときや上気したときなど、色白であるが故に赧《あか》い頰《ほほ》が際立って見えたものである。彼とは大学入学以来、一緒の実習グループであった。卒業後、彼は小児科に進んだ。外科入局九年後、私は現在の鳥栖で開業したが、彼は大学に残っていた。

私たちは卒業後十年ごろから、各地で開業している人が幹事となり一泊の同窓会を開いてきた。ちょうど私が幹事となったころ、彼は開業したばかりであったが、それまで同窓会には一度も出席したことはなかった。そのため私は同窓会案内の手紙に、「『一に居ること、二に建物、三・四が無くて五番目に腕』、これが開業したてのものの心得、よってお前は今回は出るな」と書き添えた。

秀才の彼を揶揄《やゆ》し、開業後しばらくは一所懸命本業に励めと言うつもりと、ちょっぴりあることを期待していた。案の定、彼の返事には「お前がそんなつもりであっても、俺は意地でも出席する」とあり、そんな彼の性格を知悉《ちしつ》していた私が、その性格を逆手にとって仕組んだおびき出し作戦は見事に成功した。

初めて出席した彼は大喜びで、呼子《よぶこ》での玄界の魚に感激し、翌日も波戸岬ではさざえの壺焼きに舌鼓を打ち、名護屋城や鏡山からの俯瞰を堪能して帰って行った。

以来、彼は最も熱心な同窓会出席者の一人となった。名簿の順で彼と私は同室となることが多く、学生時代とは違った彼の一面を知り、一段と親密の度を加えていた。

その彼が突然クモ膜下出血に倒れた。幸い一命を取り止め得た彼が久方振りに出席したのは、それから数年後の奈良であった。だが、それは彼の最後の同窓会となってしまった。

その日、早めに会場の春日大社の一の鳥居前にある老舗旅館「菊水楼」に着いた私は、奈良公園にある万葉植物園を訪ねた。そこで分けてくれる「思い草」（ナンバンギセル）の胞子を求めるためだった。そのとき晩秋の地味な彩りの園内で、一際目立つ「さねかずら」のまっかな実の色に目を奪われた。

あしひきの山さな葛《かづら》もみつまで妹《いも》に逢《あ》はずや我《あ》が恋ひ居らむ（巻十・二二九六）

説明版にある「さねかずら」の蔓に生っている実の、透き通るような「あか」に思わず足を止めた。

植物園を出たところで、ぱったり赤木君と出会った。初めての奥さん同伴であった。再会の挨拶の後、彼は言い訳がましく「いつもお前と一緒じゃ、鼾で寝不足になるからな」と例によって私に悪態をついてから、「今からちょっと春日大社と東大寺を回ってくる」と言い残して歩き出した。

彼の再起を喜びながらも、どことなく以前ほどの生気のある顔色ではなく、それが夫人同伴となったのだろうと思いながら、意識的に夫妻の後ろ姿を目で追い続けていた。しかし、それが、私が見る彼の最後の後ろ姿となろうとは露考えてもいなかった。

さねかずらの実の「あか」、それにもう一つ「あか」にかかわるものがあった。それはその日、宴会の最初に運ばれてきた「紅葉酒」の鮮やかな「あか」であった。

奈良での「あか」にまつわる思い出、それを一際忘れ難いものにしているのは、名前に「赤」の一字を持つ、赧《あか》ら顔の朋友との最後の邂逅があったからかもしれない。

（平成五年十一月）

篠・笹（しぬ、しの・ささ）……イネ科

「たけ」の種類は数多いもので、「ささ」は細小竹（ササダケ）の下略、「しぬ」は「シノ、ヤダケ」（女竹の小なるを篠竹という）で、今は「しの」と呼ばれる（『万葉の植物』松田修著、保育社）。

笹《ささ》の葉はみ山もさやにさやげども我は妹思《いもおも》ふ別れ来ぬれば（巻二・一三三）
篠《しの》の上に来居《きゐ》て鳴く鳥目を安《やす》み人妻故《ひとづまゆゑ》に我《あれ》恋ひにけり（巻十二・三〇九三）

（笹の葉は山全体がさやさやと風にそよいでいるが、私は妻を思う、別れてきたので）
（篠の上に止まって鳴く鳥のように感じが良いので、人妻なのに私は恋をしてしまった）

この二首には、「ささ」と「しぬ」が詠まれている。

今年（平成六年）「ヤダケ」に花が咲いているのに気づき、サガテレビの記者の方に話したところ、意外にも興味を持たれ、撮影されたヤダケの花がテレビで放映された。

私がまだ小学生だったころ、「楠の実鉄砲」や「杉の実鉄砲」を作るため、通っていた田代

小学校の西側の土堤にあった竹叢《たけむら》へ竹を切りによく行っていた。ある日、その竹叢の竹に花が咲いているのを見つけたが、やがて枯れてしまった。そして古老たちから「竹には六十年に一度花が咲き、その年には旱魃のため飢饉が起こり、その竹は枯れてしまう」と教えられた。

ヤダケの花は、あたかも稲穂に咲くそれに似て、やがて「籾」のような実を結ぶ。「竹の実(方言では、ずねこ)」と称して食べた覚えがあるが、手に取ってみると白い汁が出てきたものだった。このことから「タケ」がイネ科に属することを違和感なしに受け入れられた。

しのめたけ

晴天続きの日本列島では八月四日、天竜市で気温四十度を突破し、ダムの貯水量は軒並み低下して、遂に、西日本の各都市で給水制限が行われた。そのころ、「佐賀新聞」の投書欄に、佐賀市在住の原田さんという八十二歳の男性からの「五十五年前の干害の教訓は生きたか」という投稿が載っていた。五十五年前、昭和十四年に西日本を襲った旱魃のことは『鳥栖市史』のなかにも見えている。

そこには雨乞い行事で、九千部《くせんぶ》山頂で行われた「千把焚き」や、男子のシンボルに似た石を洗う「がらんさ洗い」のことが挙げられており、私も朧げながら覚えている。思い出してみれば、竹に花が咲いているのを私が見つけたのはちょうどそのころなので、古老たちの言う「言い伝え」は符合するようである。

「六十年」からは「還暦」を、また「枯れる」からは「水が枯れる」すなわち「枯渇」という語句が連想される。「竹に花が咲く年には水が枯れ、性の強い竹ですら枯れてしまう。当然水稲も旱魃の被害を受け飢饉となる」というのだろう。

ただ、五十五年前と比較すると、至る所に灌漑用のダムが作られ、減反などで耕作面積も減った今では、かえって、夏の日照り続きは大豊作に結びつくようである。同じ異常気象でも昨年のような冷夏の方が「豊葦原《トヨアシハラ》ノ千五百穂秋《チイホアキノミズホ》ノ瑞穂《ミズホ》ノ国」(『古事記』)にとっては深刻なものになったようである。

竹(ヤダケ)の花と二年続きの異常気象、何か関連がありそうに思われるのは私だけだろうか……。


(平成六年九月)

定家葛・岩綱（ていかかずら・いわつな）……キョウチクトウ科

一昨年の夏に急逝したYさんは、昭和四十一年に私が病院を開業して以来二十数年間、事務局長を務めてもらった人であった。彼は兄一人、姉一人の末っ子で、父を早くに失っていた。兄のKさんは頓智の利く人で、子どものころからよく私たちを笑わせていた。そのKさんについて今でもよく覚えていることがある。私が小学校三、四年生になったころ、「級長」に選ばれたことがあった。Kさんは早速私を呼び止め、からかい始めた。

「あなたも、とうとう『トラホーム』に罹《かか》ったごたるなあ」

と話しかけてきた。「トラホーム」とは、眼疾の「トラコーマ」のことである。学校の眼科検診で確かに、その宣告を受けていた私は、

定家葛（ていかかずら）

そのあまり名誉でないものを言い当てられどっきりさせられた。しかし、それがどうして分かったのか不思議であった。

後にYさんがそのときのことを語ってくれた。当時、級長はブルーの腕章を着けていた。Kさんは目敏くそれを着けた私を見つけ、咄嗟に「ブルーの腕章はトラホームの人が着けるもの」と、私を冷やかすつもりだったらしい。そういえばあのとき、私の必死の抗弁に、偶然それを言い当てたことに気づいた彼は、笑いをこらえて「悪いことを言った」と頭を掻いていた。

その後、Kさんは一人の女の子の父となった。だが、幸せは束の間のことで、奥さんがその生後八カ月の幼子を残して急逝、そして追い討ちをかけるように、彼にも召集令状が届き入営させられた。そして唯一人の女の子が三歳になった年、「ビルマで戦死」の公報がもたらされた。兄を失い、終戦のときまだ成人に達していなかった弟のYさんは、親代わりとして姪を育ててあげ、晩年は『歎異抄』に親しむ敬虔な仏教徒として過ごしていた。

確か、北九州で行われた久留米師団の「インパール作戦犠牲者の合同慰霊祭」に出席した彼は、一鉢の小さい苗木を持ち帰っていた。ビルマのインパール地方に自生する「夜香樹」であると言っていた。

苗木を大切に育て、お盆のころ身の丈ほどになったそれを見せてくれた。お線香のような仄かな香りを漂わせ、白くて小さな筒状の密集する花をつけていた。その花の蕾は、以前唐津の神集島《かしわじま》を訪ねたときに、万葉歌碑の建つ崖で見たていかかずらの蕾に似ていると思った。

石《いは》つなのまたをち反《かへ》りあおによし奈良の都をまたも見むかも（巻六・一〇四六）

岩つな、すなわちていかかずらの詠まれた歌である。

それから彼は、「遠く離れた南の戦野に晒した兄の屍を、そっと覆い隠し、お線香に似た香りをたむけ続けてくれたであろうこの夜香樹の苗木を、遺族にも配ろう。そして故人をしのんで育ててもらおう。それは兄の慰霊にも相応しい」と、それを実行し始めた。挿木で二、三百鉢に増やし、育て方をプリントし、戦死した兄Kさんの戦友や遺族を探しては苗木を配っていた。

敬虔な仏教徒そのものの姿であった。そのYさんも間もなく三周忌を迎える。

（平成十三年二月）

茎韮・韮（くくみら・にら）……ユリ科（草木類）

太宰府観世音寺の戒壇院門前に、二つに折れたらしい「葷酒肉境内に入るを許さず」の石碑が並んで建っている。折れる前はかなりの高さのものだったろう。だが、私たちが習ったのは「葷酒山門に入るを許さず」だったと思っていた。また、平城京の法華寺のそれは、そのいずれとも違っていた。そんな訳で、昨秋、宇治に行き黄檗山萬福寺を訪ねたとき、山門の前に建つ「葷酒不許入山門」の石碑は私をほっとさせたものだった。

かつて、「葷酒」とは『韮』のように臭い野菜や酒」と、韮が臭い野菜の代表のように教えられた記憶がある。

「臭い」と「まずい」とは同義語ではないが、現代の子どもたちに嫌われる野菜はピーマンや葱、人参のようである。かつては、今のようにピーマンは食卓に並ぶことはなかったが、人参と共に韮や葱は敬遠したものだった。今も昔も人参は子どもには馴染めないものだが、そんなとき、戦前の母親は「好き嫌い」を戒めるため、決まったように、少年時代に人参が嫌いだった乃木大将(日露戦争の将軍、初代学習院大学院長)のお母さんが、息子が食べるようになるまで人参以外のおかずを食卓に並べなかったという逸話を話して聞かせたものだった。

戦前は、最近のにらたまやもつ鍋のように韮が大量に食べられることはなく、僅かにおから か呉汁《ごじる》に刻み込まれるくらいのものであった。

幼いころ、白い糞を排泄し弱ったヒヨコには韮の絞り汁を飲ませるとよいというので、畑の隅に植えられている韮を揉んで絞り汁を得ようとして、その強い臭いに当てられた覚えがある。でも今や、臭い韮のイメージは薄らいだような気もしている。

戦時中、「撃ちてし止まん」という言葉が「米英撃滅」と共によく用いられた。

みつみつし久米の子等が粟生《あはふ》には臭韮《かみら》一本《ひともと》そねが本そね芽繋《めつな》ぎて撃ちてし止まむ
(久米郡の者たちの粟畑には臭の強い韮が一本生えている。その根と芽を一緒に引き抜くように、数珠繋ぎに捕らえて敵を撃たずにおくものか)

この『古事記』にある「久米歌」の臭韮《かみら》がにらのことらしい。万葉には一首だけ、くくみら(茎韮)が詠まれたものがある。

韮(にら)の花(写真提供：熊谷信孝氏『貫・福地山地の自然と植物』海鳥社刊より)

伎波都久《きはつく》の岡《おか》のくくみら我《われ》摘《つ》めど籠《こ》にも満《み》たなふ背《せ》なと摘まさね(巻十四・三四四四)

同じユリ科の六弁の花でも、はなにらやのびるほどの人の気を惹くものでなく、にらの花は、逆さにすると線香花火を思わせる小さく密集した白い花をつける素朴なものである。

最近では、おからや呉汁に入れ

られるものが小葱であっても、何の抵抗も感じはしない。だが、小葱でなくにらにこだわり「畑から韮を切ってきて」と包丁を渡されたおふくろの味をふと懐かしむことがある。朧げになったが、遙か日の自分の轍を振り返ってみるときに……。

（平成十三年十一月）

蓮（はす、はちす）……スイレン科

幼かったころの父は子どもに対し厳格で、恐ろしい存在でもあった。そして分厚い二重扉の土蔵は、子どもたちの躾にも有力なものであった。決して殴る、蹴ることはしなかったが、言いつけを守らないときの「蔵（土蔵）に入れるぞ」は、私たち兄弟には殺し文句であった。蔵のなかでは、ときどき二メートルに及ぶ青大将（蛇）の抜け殻を見せられることもあり、それも恐怖の一因となっていた。

中学時代から色濃い儒教思想の教育を受け、また「教育勅語」の下で育った人たちの、親に対する尊敬の心は、今でも中国や韓国の人たちが抱いているように一入《ひとしお》のものがあった。寡黙で口下手、取りつき難く、自尊心を傷つけるような曲がったことを極端に嫌う。良く言えば「孤高を保つ」、まあ一般には「頑固一徹」の典型的な明治生まれの一人が父であった。

そんな父には不似合に思えたが、朝顔や菊作りを好み、蓮の花もこよなく愛していた。そし

蓮（はす）

て蓮について「沼や池の泥まみれのなかに育っても汚れのない高貴な花を咲かせる」ということが仏教で「極楽の花」といわれる所以であると、お盆の仏壇には、どこからともなくその花を貰ってきて供えていた。

私が中学入学の後に、父が伝えてくれたいくつかの精神的文化遺産ともいうべきもののなかに、「天網恢々疎にして漏らさず」や「渇《かつ》すとも盗泉の水は飲まず」があるが、それは信心深かった祖母の影響があったのだろう。したがって、祖母からの教えは孫の私にも、今までさしたる過ちのない生活を送らせるものとなったようである。

古くから日本に渡来し、池などに植えられていたためか、この花も万葉に詠まれている。

新田部親王《にひたべのみこ》に献《たてまつ》る歌一首　未だ詳らかならず

勝間田《かつまた》の池は我《われ》知る蓮《はちす》なし然《しか》言ふ君が鬚《ひげ》なき

ごとし（巻十六・三八三五）

この歌は新田部親王から蓮《れん》を恋《れん》にかけた歌をもらった女人が、その池に「蓮（恋）などありません」と親王へやり返した戯《ざ》れ歌。

ひさかたの雨も降らぬか蓮葉《はちすば》に溜《た》まれる水の玉に似たる見む（巻十六・三八三七）

ちなみに、古代は蓮の葉に食べ物を盛る風習があったのだろうか、大皿代用の蓮の葉を見て詠まれた歌もある。

蓮葉を詠む歌
蓮葉《はちすば》はかくこそあるもの意吉麻呂《おきまろ》が家なるものは芋《うも》の葉にあらし（巻十六・三八二六）

さて、そんな父の戒名は、仏教に所縁の「九品」、「蓮誉」、「寶臺」が含まれるありがたいものである。以て冥すべきものであろう。

（平成十五年三月）

松（まつ）

松・松茸（まつ・まつたけ）……マツ科

いろいろな大木がめっきり少なくなった。いわゆる「老松」といわれたものもその一つであろう。

鳥栖市、旧長崎街道の両側には松並木があり、旧田代、今の太田種鶏場辺りの六本松にあった松のなかには、落雷のため空洞となった幹のなかで雨宿りができるような大木があった。また鳥栖西中学校付近にも、並木の老松が名残りを留めていた。河内に至る今のダムのなかを通っていた旧道の側には、大きな一本松が屹立《きつりつ》していて「一里松」と呼ばれていた。新しく架け替えられた天神木橋のあるすぐ上には「天神松」と呼ばれる数本の松があり、また柚比《ゆび》の愛宕山《あたごさん》の上の社の周りにも数本の老松があり、田代小学校のグラウンドにも一本の赤松があったのを覚えている。

いずれも枯れて朽ち果てたり、土地開発のため伐採されたりで、今は幻となってしまった。山の赤松の姿も松喰い虫の被害のためにめっきり減ってしまい、そのためもはやこの辺りでは、かつては生えていた天然の松茸は望むべくもないものとなってしまった。

唐津といえば虹の松原が思い浮かぶ。一般には山には赤松が、そして海辺には黒松が多いといわれ、この松原も黒松林である。

条件が良いと黒松林には松露《しょうろ》が生える。唐津銘菓「松露饅頭」はおそらく松露をイメージしたものだろう。

芳《か》を詠む
高松《たかまつ》のこの峰《みね》も狭《せ》に笠立《かさた》てて満《み》ち盛《さか》りたる秋の香《か》の良さ（巻十、二二三三）

芳は「きのこ」。「秋の香」から松茸を指したものだろう。

一般に「香り松茸、味しめじ」といわれるように、これらは秋を代表する山の幸であった。市内でも柚比辺りの丘陵地にあった赤松林や雑木林には、かつては松茸もしめじも生えていた。今や、栽培しめじには旬の時季はなくなり、松茸にいたっては輸入物しか口にすることはできなくなってしまった。

有間皇子《ありまのみこ》、自《みづか》ら傷《いた》みて松が枝を結ぶ歌二首
磐代《いわしろ》の浜松が枝を引き結《むす》びま幸《さき》くあらばまたかへり見む（巻二・一四一）
家《いへ》にあれば笥《け》に盛《も》る飯《いひ》を草枕《くさまくら》旅にしあれば椎《しひ》の葉に盛る（巻二・一四二）

それぞれ、（磐代の浜松の枝を引き結んで、幸い無事でいられたら、また立ち帰って見よう）、（家におれば器に盛る飯を、旅の途中なので椎の葉に盛る）という意である（後者には異説もある。椎の項参照）。

有間皇子は中大兄皇子にとっては、先帝である孝徳（叔父）の子だけに、皇太子中大兄皇子の地位を脅かすものとして、陥穽《かんせい》と讒訴《ざんそ》によって処刑された皇子である。この歌はその刑場に護送される途中に詠まれたものである。

したがって、もし『万葉集』が有間皇子を排除した天智天皇のときに編纂されていたならば、あるいはこの二首は収められなかったことだろう。

「根曳きの松」は慶事の酒器にも描かれており、またかつては正月の門松にされていた。もう一度その門松を望みながら、一方では枯れてしまった松の復活を望む私はずいぶん手前勝手なものと思っている。なぜなら、かつての老松を懐かしみ、その再現を望みながら、根ごと松を引き抜き門松にしたいというのでは矛盾があるからである。

（平成九年五月）

実を播いていた綿（木綿）が白い花をつけた。遙かなる日、畑に栽培されていた綿の花と、それがコットン・ボールを作るまでの経過を覚えていた。

苧（からむし）……イラクサ科

沙弥満誓《さみまんぜい》、綿を詠む歌一首　造築紫観音寺別当、俗姓は笠朝臣麻呂なり
しらぬひ筑紫《ちくし》の綿《わた》は身に着《つ》けていまだは着《き》ねど暖《あたた》けく見ゆ（巻三・三三六）

ここに詠まれた「綿」は木綿ではなく真綿（絹）を指している。万葉には木綿が詠まれた歌はない。

古代、一般庶民が身に着けた布は真綿から作られるような上質のものではなく、麻や和紙の原料ともなる楮《こうぞ》などの植物から得られた繊維が編まれたものであったらしい。

第二次世界大戦前、綿布の原料だった「綿」の輸入がアメリカの対日貿易封鎖で途絶えたため、パルプなどから作った繊維（ステープル・ファイバー）の原料として、当時、小学生であった私たちにラミーや桑の皮を剝ぎ集めることを求められた時期があった。そのラミーが、からむし（苧）の変種だった。「スフ」（人綿）といわれたその織物は、木綿にくらべ極めて脆弱

苧（むし）

ですぐ破れるようなものであった。

果たして、我々が集めたそれがどれほど役に立ったかについては定かではない。

また、このころは皮を鞣《なめ》すのに必要なタンニンを得るため、樫《かし》、楢《なら》、椎《しい》、櫟《くぬぎ》などの実も集めていた。さらに、終戦間際になって、松の幹にV字状に傷をつけ松の樹脂が集められていた。いわゆる松根油を飛行機の航空燃料として開発するというものであった。実際それが航空燃料として利用された話は聞かなかった。

奈良公園の万葉植物園で「むし（からむし、苧）」の説明版の下に生えていたのは、幼いころ、兎が好むためよく与えていたラミーの葉（それを私たちは「ポンポン葉」と称していた）そのものであった。

説明版にあった歌は、「京職藤原大夫、大伴郎女に贈る歌三首」の最後の一首である。

むしぶすま柔《なご》やが下に臥《ふ》せれども妹《いも》とし寝《い》ねば肌《はだ》し寒しも（巻四・五二四）

作者は、「卿諱を麻呂という」とあるように藤原四兄弟の末弟。大伴郎女は大伴坂上郎女《おおとものさかのうえのいらつめ》のこと。穂積皇子に嫁していたが皇子の死後、大伴坂上郎女に思いを寄せた麻呂の歌である。

この歌の「むし（からむし）」については、「蒸し衾《ふすま》」とする異説があるようだが、あえて話の都合上「からむし」説を取ってみた。なんとも、地味なからむしが、いろっぽい恋歌に詠まれているから面白い。

（平成十五年八月）

山振・山吹（やまぶき）……バラ科

『日本書紀』によると、「天武天皇の七年四月七日、十市皇女《とおちのひめみこ》が突然病気で亡くなられた」とある。

「十市皇女《とおちのひめみこ》の薨《こう》ぜし時に、高市皇子尊《たけちのみこのみこと》の作らす歌三首」のなかの一首。

山吹《やまぶき》の立ちよそひたる山清水《やましみづ》汲みに行《ゆ》かめど道の知らなく（巻二・一五八）

花の色の「黄」と清水の「泉」と合わせて「黄泉の国」の意を裏に含むものらしい。十市皇

山吹（やまぶき）

女が急死したとき、彼女に密かに恋していた高市皇子が詠んだ歌である。三首の歌からは、その悲しみがひしひしと迫ってくる。

二人は、天武天皇の異母姉弟であったが、十市皇女は額田王《ぬかたのおおきみ》を母に持ち天智の大友皇子に嫁していた。一方、高市皇子は天武の長男だが、母の出自が劣るため、皇位継承の順位では異母弟の草壁・大津両皇子につぐものでしかなかった。しかし、壬申の乱では大海人皇子（後の天武天皇）側の総師として、その戦功から高い評価と厚い信任を得ていた。

壬申の乱は、十市皇女にとっては実の父と夫との戦いであり、高市皇子にとっては密かに愛する人の夫であり従兄との戦いであった。

勇猛な戦いぶりはその辺りの事情に由来するものであったかもしれない。それから七年、飛鳥浄御原の宮に居住していたうら若い十市皇女に対する密かな思いは募るばかりであったのだろう。

平成六年三月中旬、小学校以来の幼馴染みの四人が、人生で初めて揃って天草へ一泊旅行に出かけた。

素晴らしい思いで旅を終え、五月の連休に熊本県の五家荘《ごかのしょう》へ行くことを約して別れた。ところが、その一人のM君が間もなくして発熱と食欲不振を訴えた。四月八日に判明した血液検査の結果は私を愕然とさせた。それは白血病を疑わせるものだったからである。特に血小板の数が極端に減少していたため、即日、久留米市内のK病院に入院してもらった。花祭りの四月八日のことで、お釈迦さまの御加護を念じたが、やがて紛れもない「急性骨髄性白血病」との診断が下された。したがって五月の遊山はM君を欠くものとなった。

その日、曲がりくねった山路の崖の隈などは、自生する山吹の花が咲き乱れ美しかった。前年、飛鳥を訪れたのも、山吹の咲く時季であった。飛鳥歴史公園の甘樫丘《あまかしのおか》にある万葉植物園路で、万葉植物の名前を当てるクイズの問題用紙に書かれていた、冒頭の高市皇子の歌を思い出した。

そして、ふと闘病中のM君を思い出したが、その歌は人の死に際して詠まれたものであったので、不吉なものを感じて口にすることがはばかられていた。

帰りに入院中の彼を見舞ったときには、恐れていた出血の兆しもなく、意外に元気な姿を見て、わずかに安堵させせられた。ところが間もなく恐れていた内臓への大出血が現実のものとなり、急逝してしまった。

「諸行無常は世の習い」とはいえ、竹馬の友の死が現実のものとなり、改めて「山吹の立ちよそひたる山清水――」の一首を弔辞の最後に添えようと思っていた。「黄泉の国まで会いに行きたい」というこの歌の裏に秘められた思いと共に、この歌の作者・高市皇子にも思いを致しながら……。

（平成六年七月）

百合・山百合（ゆり・やまゆり）……ユリ科（草木類）

かつて、裏の畑の奥に孟宗竹の林があり、その入口にあった松の根元に、時季になると数本の「やまゆり」が花を咲かせ続けていた。当時は自生した「やまゆり」や「おにゆり」は山野の至る所で見ることができた。しかしながら、今では自生するそれらを見る機会は稀なものとなってしまった。

一昨年七月、会津若松を訪れる機会があった。東北地方を訪れるのは四十年前の仙台以来のことであった。そのとき以来、この地方の赤松の幹の色は忘れ難いもので、そのイメージは私の胸のなかに留まり続けていた。

そして今回、福島空港からの高速道路を走る途中の広々とした田園や、山の赤松の幹や葉の緑は美しく、四十年前の印象そのもので、私を満足させるに十分なものであった。さらに私を喜ばせたものは、道路沿いにある林のなかに咲く「やまゆり」の群落であった。

航空士官学校を出て戦闘機に乗り、レイテの空戦で戦死した従兄がいた。彼より年齢が下の従弟は私だけで、そのせいか私はとても可愛がってもらっていた。その従兄が陸軍幼年学校在学のころ、野外の演習のときに書いた絵日記が「台覧《だいらん》」の栄に浴した。「天覧《てんらん》」とは陛下に、「台覧」とは皇族にご覧いただいたことを指すのである。

その絵日記を大切に持ち続けた伯母が私にそれを見せてくれたのは、この従兄が戦死した後のことであった。遺品となった台覧のスタンプの押してあるそのスケッチは、演習中の小隊が林のなかで休憩をとっている風景であった。そこには何本かのやまゆりが描かれ、「演習で疲れた体を癒してくれるものであった」と添え書きがしてあった。

筑波嶺《つくはね》のさ百合《ゆる》の花の夜床《ゆとこ》にもかなしけ妹《いも》ぞ昼もかなしけ（巻二十・四三六九）
霰《あられ》降《ふ》り鹿島《かしま》の神を祈りつつ皇御軍士《すめらみくさ》に我は来にしを（巻二十・四三七〇）

この二首は、防人の一人が詠んだ歌である。皇軍の兵士として召された男の、残してきた妻を思う気持ちを表している。

会津藩は幕末の戊辰戦争の際、朝敵と称されながらも主家の徳川方に殉じ、薩長連合軍に抗し続け、若い白虎隊までもが焼け落ちる鶴ケ城を望みながら、飯盛山で自刃して果てている。ちなみに、京都東山の護国神社の裏山にある勤皇の志士たちの墓地（坂本龍馬、中岡慎太郎のそれもある）には、当然のように逆賊とされた会津藩士たちのそれはない。

敗色濃厚な徳川に殉じた会津藩の少年白虎隊士自刃の姿が、「醜《しこ》の御楯《みたて》」と太平洋戦争末期にレイテの空に華と散った従兄の面影と重なり、やまゆりの純白のイメージが、あたかも無垢な彼らに手向けるのに相応しい花のように感じられていた。

（平成十四年七月）

稲（いね）……イネ科

鳥栖市内、山間部の河内集落の大山祇《おおやまずみ》神社で「さなぼり（当地方の方言。辞書によると、さなぶり）が行われた」と地方紙が伝えていた。

このごろではあまり聞き慣れないこの「さなぼり」という、田植えを無事終えることができたことの田の神へのお礼と、豊作祈願の祭りは、今でも農民の間では生き続けている。

山から降りてきた田の神へ田植えが無事に終ったことを感謝し、豊饒な秋の実りを祈願するというのは、農耕民族に代々伝えられてきた風習であろう。五月の連休に、天理から桜井まで「山の辺の道」を辿ったとき、路傍の苗代の畔に花と供え物がしてあった。これも田の神への祈りである。

農耕民族の主体となるのは、やはり米作りであったろう。その米作りも機械力の導入で随分様変わりしたものとなった。稲の「苗作り」（苗代）から「田植え」、「田の草取り」、「稲刈り」、「脱穀」、「籾干し」、「籾すり」を経て「精米」され、やっと「御飯」ができあがるわけで、食糧難の時代には「米とは八十八と書き（多くの）人の努力の結晶であるから、たとえ一粒たりとも無駄にしてはならない」と教えられたものだった。

もはや、飽食の時代に育つ人には通じないものかもしれない。苦しい時代に育った人が、かつて、駅弁を開くとき、言い合わせたように蓋の裏についた飯粒に丹念に箸を動かしていた光景は、なんとなくほっとさせられたものである。一粒でも無駄にしないと無意識に身についた癖は、容易に改まるものではなかった。もっとも今ごろは、その蓋に飯粒がつかない工夫がなされているが……。

定かには知らないが、機械植えの苗作りでも、今も「種籾」を洗うことが米作りの第一歩であることには違いはないらしい。充実した種籾を得るために、水に浮く粃《しいな》（方言では、しいら）を除くためのものである。

この言葉を聞くと、小学校のころのK先生を思い出す。よく理解せず慌てて事を仕損じると、よく「しいらもんの先走り」（よく実らない籾は先の方まで飛ばされる）とたしなめられていた。

赤米（あかまい）

稲が詠まれた万葉歌は「早稲」や「穂」などを含めると数多くあるようだ。

秋の田の穂の上《うへ》に霧《き》らふ朝霞いつへの方に我が恋止《や》まむ（巻二・八八）

稔りの秋の景色をしのび朝霞によせる恋歌である。

稲搗《いねつ》けばかかる我《あ》が手を今夜《こよひ》も殿《との》の若子《わくご》が取りて嘆かむ（巻十四、三四五九）

地方豪族の子息に愛されている少女が歌った趣の、稲搗き女の歌らしいが、当時の精米作業がしのばれる。

この鳥栖地方には「秋の夕焼け鎌研いで待ってろ」という諺がある。「秋の夕焼けは翌日は稲刈りの好天に恵まれる」というわけである。稲刈りのころは「つるべ落し」といわれるように、陽が落ちると急に辺りに夕闇が迫り、秋冷が肌に感じられる。そんなとき、発動機の音や脱穀機で稲をこぐ音が気忙しく聞こえたものであった。今になってみると、その音には郷愁に似たものを覚えさせられる。

「稔るほど頭を垂れる稲穂かな」。偉くなっても謙虚であれと戒められた小学校卒業のときの担任の先生の言葉は、今もどこかに残っているが、年齢を加える度に、あまり偉くなってもいないのに、かなり高慢なものが頭を擡《もた》げているようで反省させられる。

どうもパンとバターより御飯と味噌汁に馴染みの者にとっては、古代からの主食「米」へのこだわりは捨て難いものである。「豊葦原ノ千五百穂秋ノ瑞穂ノ国」の豊饒な秋の稔りを祈願している。

（平成十五年六月）

芋（うも・いも）……サトイモ科

一昨年（平成六年）、夏の高校野球では佐賀商業が予期せぬ全国制覇を成し遂げ、県民にとっては折りからの猛暑も吹き飛ばしてしまうような快挙であった。各県代表のなかの鳥取県代表八頭高校も初出場ながら勝ち進んでいた。「八頭」は「やず」と読むらしかったが、私は最

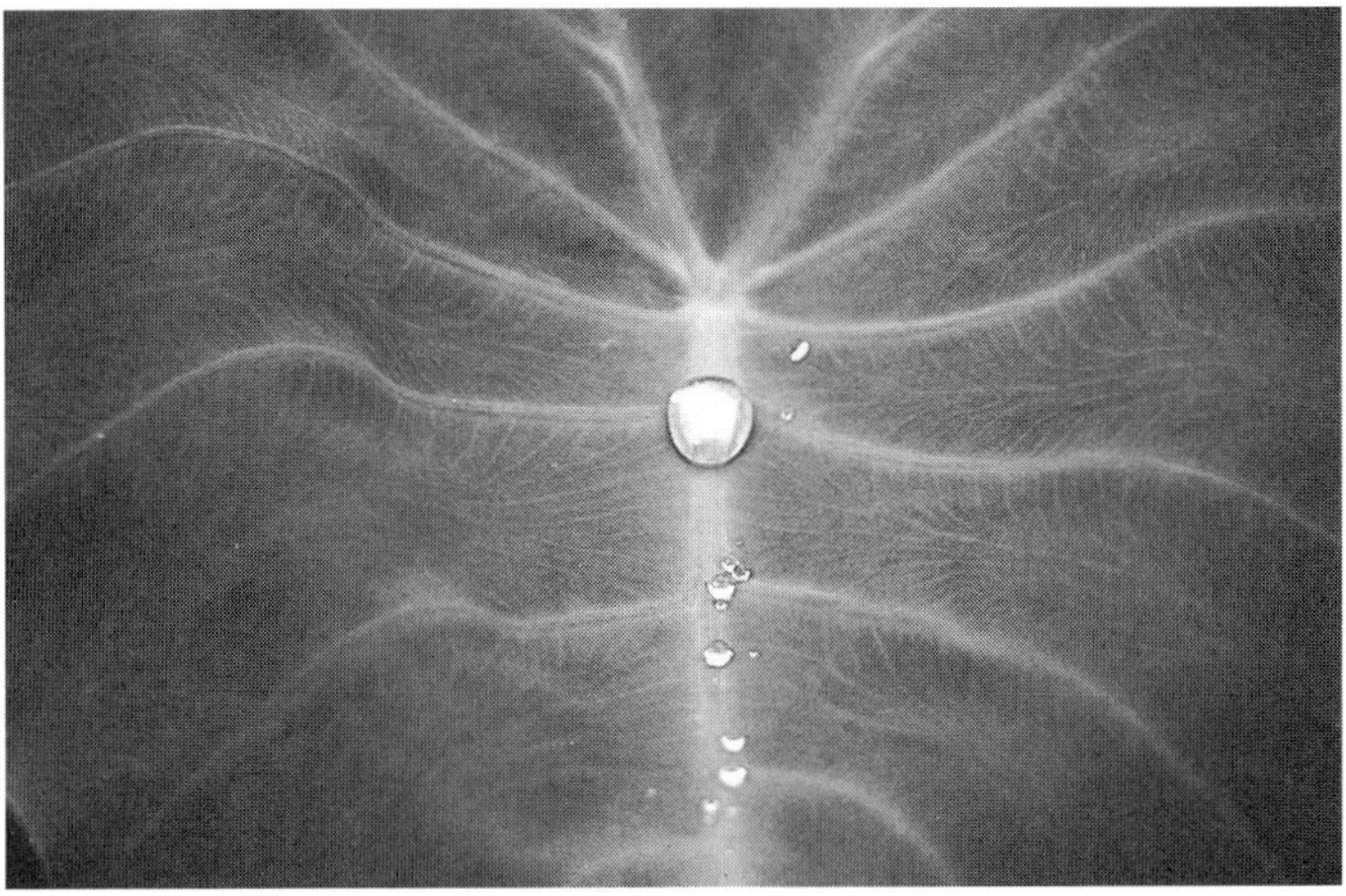

芋（いも）の葉

後まで「やつがしら」と呼び続け、聞く人に怪訝《けげん》な顔をさせていた。それほど赤い茎の色をした里芋の一種、「八頭《やつがしら》」は私たちの年齢の者にとっては、食生活文化のなかに深い根を下ろしていたわけである。

この芋の茎（赤柄《あかがら》）は茄子、長ささぎ、トウモロコシ、さつまいもなどと共に、今なお盆の仏壇に供えられる。かつてはお盆の間は魚や肉は厳格に排除され精進させられた。だが、なぜか鱈《たら》の干物は例外で、父は藁を打つ杵で棒鱈《ぼうだら》を打ちほぐして、茹でたものに酢醤油をかけ酒の肴にしていた。そこに赤柄の茹でたものも添えられていた。

小学校に入学した最初の夏休み、月遅れの星祭りの日には登校させられた。講堂で担任の先生に手を添えてもらって、条幅《じょうふく》に大きな文字で「七夕天の川」と墨書するためであった。その日の早朝、母に促されて里芋の葉に宿った露の玉を集めた。その露で擦った墨は習字を上達させるものとの言い伝えのためであった。

古代貴族の間では七月七日は令《りょう》に定められた節日《せちにち》で、歌を詠む宴が行われた。中国の牽牛（彦星）・織姫（織女）の七夕伝説は奈良時代に伝わっているようである。

万葉にも神亀元年に平城京で、天平元、二年の七月七日には大宰府での星祭りの行われた記録がある。

彦星《ひこほし》し妻迎《つまむか》へ舟《ぶね》漕ぎ出《づ》らし天《あま》の川原《かはら》に霧の立てるは（巻八・一五二七）

天平二年に大宰帥・大伴旅人邸で詠まれた山上憶良の歌である。

芋（うも）の詠まれた万葉歌はただ一首。

蓮葉《はちすば》はかくこそあるもの意吉麻呂《おきまろ》が家なるものは芋の葉にあらし（巻十六・三八二六）

（蓮の葉とは、こんなものだったものだな。さては意吉麻呂の家にあるのは、里芋の葉らしい）

大皿代用の蓮の葉を詠まれたものらしく、この歌の序「蓮葉を詠む歌」のなかに里芋が詠まれている。

幼いころから馴染みのどじょう汁やがめ煮（筑前煮）の里芋への愛着は御し難いものがある。田圃《たんぼ》の水が落されるころともなると、決まったように作られた、里芋や芋柄の入ったどじょう汁も、近辺の川にどじょうは姿さえ見せず、里芋も茹でられたものの真空パック入りの時代となった今では、もはやかつてのそれは望むべくもないものとなってしまった。

（平成八年九月）

卯木（うつぎ）……ユキノシタ科

初夏のころ、通院中の方が持参される「卯の花」が診察室に飾られる。だが、若い人たちには意外にその花の名は知られていない。比較的高齢の人とは古い小学唱歌「夏は来ぬ」の歌詞が飛び出して話が弾むことになる。

一、卯の花の匂ふ垣根に
　ほととぎす　早も来鳴きて
　忍び音もらす　夏は来ぬ

二、五月雨《さみだれ》の注ぐ山田に

早乙女《さおとめ》が　裳《もすそ》ぬらして
早苗植へわたす　夏は来ぬ

卯の花を見ると、幼かったころに習ったこの歌を反射的に口ずさみたくなるものらしい。私もすぐ過去を思い出したくなる。そうなるのは、既に語り部の年齢に達しているからだろう。『卯の花』は、植物学的には『うつぎ』と呼ばれ、山野にも自生し、また人家にも植栽され五月ごろ白色の花を沢山つけて山野を白妙に飾る」と説明されている。

卯の花が詠まれた万葉歌は巻八の「夏の雑歌・相聞」四十六首のなかに五首、全巻では二十三首が数えられる。

卯《う》の花もいまだ咲かねばほととぎす佐保《さほ》の山辺《やまへ》に来鳴《きな》きとよもす（巻八・一四七七）
皆人《みなひと》の待《ま》ちし卯《う》の花散りぬとも鳴くほととぎす我忘《われわす》れめや（巻八・一四八二）

前者は大伴家持の一首だが、いずれにも「ほととぎす」が一緒に詠まれている。

その家持の父の大伴旅人は左大臣である長屋王《ながやのおう》の下で中納言（正三位）の地位にあった。六十歳を越えて大宰帥に任じられ筑紫へ赴任したが、着任早々に同行の妻、大伴郎女を失っている。当時は三位以上（卿《まえつきみ》）の不幸には弔問の使者が遣わされる習わしがあった。そのため筑

卯木（うつぎ）

紫に遣わされた弔問使、石上堅魚朝臣《いそのかみかつおあそみ》がその使命を終えた後、基山山頂で望遊したとき、旅人へ捧げたものがつぎの歌である。

ほととぎす来鳴《きな》きとよもす卯《う》の花の共にや来《こ》しと問《と》はましものを（巻八・一四七二）

これに対し、旅人が応えた歌。

橘《たちばな》の花散る里のほととぎす片恋《かたこひ》しつつ鳴く日《ひ》しそ多き（巻八・一四七三）

万葉で詠まれた鳥では「ほととぎす」が最も多い。この鳥は古来、中国では「昔をしのぶ、故人の魂の化身の悲鳥」とされているし、古代の倭《やまと》でも霊鳥と考えられていた。基山での二首も橘や卯の花の初夏の花と共に、故人（大伴郎女）をしのんでほととぎすが詠まれたものであろう。

大宰帥に赴任以前、万葉に収載されている旅人の歌は二首にすぎない。赴任以後、筑紫で数多くの歌を残しているが、そのなかにこの基山で詠んだものも含まれている。

そのせいか私の頭のなかには既に「卯の花——ほととぎす——基山——大宰帥——大伴旅人」という連想のレールが敷かれている。だから「卯の花」が山野を飾り「ほととぎす」の声が聞かれるころともなると、我が家から望まれる基山を仰ぎ見ながら、連想のレールの上を追憶という名の電車が駆け巡り始めることになるのである。


（平成九年五月）

葛（くず）……まめ科

「堅香子の花」の文を書きながら、片栗粉と葛粉は違うということを改めて教えられた。そういえば幼なかったころ、母から葛粉の買い物を頼まれるとき、決まったように「葛粉だよ。片栗粉と違うよ……」と言われていたことを思い出す。

最近、テレビの精進料理の放送を見ることがあるが、そこに欠かせないものに胡麻豆腐がある。「吉野葛を使っています」などと説明される。かつて年忌法要のときなどによく作られていた胡麻豆腐は、母の十八番料理のひとつで、本葛へのこだわりがあった。そんな折、私を追いかけたのが前の言葉であった。

葛（くず）

甘木市秋月にある本葛の老舗「久助」では、今も葛かずらの根からそれが作られている。本来、「吉野の吉野川上流にある集落、国樔で作られる本葛が特に上質のものであり、その集落の名から『くず』（葛）と呼ばれるようになった」（『広辞林』）ものであるらしい。

一方、片栗粉は、本来かたくりの球根（鱗茎）から作られたものだが、現在、スーパーに並んでいるものは馬鈴薯から作られる澱粉質である。もし今でもかたくりの鱗茎から作られるものがあるならば、「本片栗粉」とでも称すべきものだろう。

漢方薬の葛根湯《かっこんとう》は寒気のする風邪の初期によく使われる薬である。成分となる生薬には葛根が多く配合されている。まだ今のように製品化されていなかったころ、「寒気がする」と言うと本葛で葛湯《くずゆ》を作って飲ませてもらった。葛には解熱作用のあることを生活の知恵として代々受け継いでいたのだろう。そして片栗粉には、その効果のないことも……。葛湯には生姜《しょうが》の微かな味も混じっていた。漢方の葛根湯にも、生姜（生薑《しょうきょう》）が入っている。鎮咳作用があるらしい。まさに合目的な生活の知恵だったわけである。

さて、葛かずらの蔓が夏の野や山で繁茂跋扈《ばっこ》するさまは凄まじいものがあるが、その姿を激しい恋にたとえた万葉歌がある。

ま葛延《くずは》ふ夏野《なつの》の繁《しげ》くかく恋《こ》ひばまこと我《わ》が命《いのち》常ならめやも（巻十・一九八五）

（葛の這い広がる、夏野のように繁く、こう恋していたら、本当に私の命はいつまで保つだろうか）

その蔓の刈払いが人を悩ませるものである一方で、蔓に咲く花は赤紫の可愛らしいもので、花の後にはちょうどエンドウ豆のような鞘のなかに実が実る。フィリピンのピナツボ火山爆発のとき土石流でできた荒れ地の山に、今度は雨による崖崩れを防ぐため、葛かずらの種を蒔く試みがなされているらしい。強靱な根や蔓で補強しようというわけである。うまく成功すればよいが、熱帯近くだけに繁茂し過ぎると大変だろう。

はや三十年になるが、山道に桜の植樹をした後で、小さな苗木に巻きつく葛かずらの蔓に閉口させられた覚えがある。

山上臣憶良《やまのうへのおみおくら》、秋野の花を詠む歌二首

秋の野に咲きたる花を指折《およびお》りかき数《かぞ》ふれば七種《ななくさ》の花（巻八・一五三七）

萩の花尾花葛花《をばなくずばな》なでしこが花をみなへしまた藤袴《ふぢはかま》朝顔が花（巻八・一五三八）

ただ、山野に自生した七種の草花のうち、今では全く見ることのできなくなってしまった、藤袴や桔梗の姿が懐かしく思い出される。

（平成四年十月）

橘（たちばな）……ミカン科

文化功労者に与えられる文化勲章のデザインは「花たちばな」があてられている。純白の厚い星型に伸びる五つの花弁、黄色の花芯の美しい姿や馥郁《ふくいく》としたその香りから、文化勲章に相応しいもののように思われる。柿若葉のころ、『日本書紀』に出てくる最古の道と言われる「山の辺の道」を歩いた。奈良から桜井に抜ける道である。道の側の蜜柑は枝から零《こぼ》れんばかりの花をつけていて、思わずカメラを向けたくなった。

基山山頂で大伴旅人が詠んだ歌。

橘《たちばな》の花散《はなち》る里のほととぎす片恋《かたこひ》しつつ鳴《な》く日《ひ》しぞ多き（巻八・一四七三）
橘の匂《にほ》へる香《か》かもほととぎす鳴《な》く夜《よ》の雨《あめ》にうつろひぬらむ（巻十七・三九一六）

いずれにも、ほととぎすと共に橘が詠まれている。

その橘に含まれる柑橘類は多い。そのなかで最も大きいものにザボン（zanboa）がある。かつて、鳥栖市神辺《こうのえ》町の松本集落にある佐藤喜八さん宅を訪ねたときに見た、母屋と納屋の角にあったザボンの木は大きく見事なものであった。五、六十年も前の記憶だが、その直径は五〇センチを超えるものであったろうか。その実の収穫には、貯蔵のためにかつての酒造の仕込みに用いられた大樽（だぶす）が必要だったらしい。「屹立」という言葉にぴったりの大木であった。

先代と昵懇《じっこん》だった父は、集落の祭りであるおくんちの日や、そのほかにも折りにふれては佐藤さん宅を訪れていた。日も暮れ、振る舞い酒にご機嫌の父は、先代の長男勝義さんが大好きで、よく彼に提灯で足元に気を配ってもらいながら帰ってきていた。

時々、父が私を伴って行くことがあったが、私の目当てはザボンの実であった。でも私には少しばかり気になることがあった。口にこそ出さなかったが、暗くなると古老の言う「そば畑の白い花の周りを、狐に憑かれた人が何度も何度も歩き回っていた」という話が恐ろしかった

日本橘（にっぽんたちばな）

のである。そんなとき、二十歳前後の勝義さんは実に頼もしい存在であった。一方の手で土産にもらったザボンの実を抱き、反対の手はしっかりと勝義さんに引いてもらいながら夜道を辿った日のことが、つい先日のことのように思い出される。

勝義さんは、今次大戦の終末近く、インパール作戦での戦死の公報が届けられてきた。若い人に先立たれるたびに、父は落胆し、「またか……」とつぶやき絶句していた。

五十数年も前に戦死された勝義さんに、間違いなくしっかりと手を引いていただいた私は今もなお、平和なこの世に生き続けている。不思議な気がしてならない。

（平成十三年二月）

弓弦葉（ゆずりは、ゆづるは）……トウダイグサ科

飛鳥歴史公園の甘樫丘万葉植物園で、「一、トウダイグサ科、二、葉柄が紅い、三、新年の飾りの一つ」というヒントから「弓弦葉」の読みを当てさせるクイズがあった。『ゆずりは』は春、新芽が出ると旧葉が落ちること（譲り葉）から出た言葉らしい。お正月の飾りに用いられるのもこの縁起による」（『万葉の植物』）

お正月の鏡餅の下にはゆずりはとしだ（羊歯）が、餅の上にはだいだい（橙）が飾られるのは、どこの家でも同じことであろう。かつては玄関にかけられる注連《しめ》飾りは手作りのところも多かった。中心に吊された橙の側には、ゆずりは、しだをはじめ木炭、和紙に包んだお米、干し柿、するめや昆布などがあった。

竈には餅が、井戸や炊事場にはゆずりはやしだを吊した注連縄が張り巡らされた。土蔵や、味噌・醤油の貯蔵小屋も同様に飾られていたため、ゆずりはやしだはかなりの数を必要としていた。

そのせいであったか否かは知らないが、屋敷の隅にゆずりは、橙、山椒などが植えられていた。横には小さな濠があり、上手《かみて》には乾季を除いていつも湧水が噴き出し、周りには笹竹が生

えていた。冷たい澄み切った湧き水は、ゆずりはの横を通り濠に溜まり、そこから当時の田代小学校の中庭の池に注いでいた。水がきれいだったせいか、濠のなかには一〇センチ前後の山椒魚が棲んでいた。

いつだったか定かではないが、篠原眞《しのはらまこと》さんが「対馬藩・田代代官所」辺りの紹介のなかに「旧田代中学校グラウンド内にある『おしみかんのん』の北側には代官所を囲んでいた濠があり、そこに山椒魚が棲んでいたらしい」と述べられていた。おそらくそれは前記の場所のことではないかと思っている。なぜなら、山椒魚の棲めるような環境の場所は、それ以外にはなかったからである。

弓弦葉（ゆずりは）

戦後の占領軍の革命的な農地解放政策で、地主は決定的な打撃を被った。もちろん、我が家とて例外ではなく、没落斜陽地主には、かつてのように多い鏡餅の重ねも注連飾りも必要なものではなくなってしまった。

そんな訳でもあるまいが、軌を一つにしたように、そこにあった湧水も涸れ果て、ゆずりは も橙の木も、さらに笹竹の叢まで枯れてしまった。

吉野宮《よしののみや》に幸《いでま》せる時に、弓削皇子《ゆげのみこ》、額田王《ぬかたのおほきみ》に贈《おく》り与《あた》ふる歌一首
古《いにしへ》に恋《こ》ふる鳥かもゆづるはの御井《みゐ》の上より鳴《な》き渡り行く（巻二・一一一）

天武天皇の弓削皇子が額田王に贈った歌である。

この歌には額田王の和《こた》えた歌がある。

古《いにしへ》に恋《こ》ふらむ鳥はほととぎすけだしや鳴《な》きし我《あ》が恋ふるごと（巻二・一一二）

この二人の歌の交換は、年齢的にも艶っぽい歌の贈答ではなかったようである。

「泉（御井）の側の弓弦葉」が詠まれた歌を見て、かつての対馬藩田代代官所近くの我が家の裏手にも、湧水とその側に一本の弓弦葉の木があったことを紹介させていただいた。そしてそれらは一軒の地主の家の興亡を見続けてきた所縁のものでもあった。


（平成九年三月）

桑（くは、くわ）……クワ科

太宰府の観世音寺に万葉歌碑がある。

しらぬひ筑紫《つくし》の綿《わた》は身に着《つ》けていまだは着《き》ねど暖《あたた》けく見ゆ（巻三・三三六）

筑紫歌壇の大伴旅人、山上憶良と同じころ、観世音寺の別当である沙弥満誓《さみまんぜい》が詠んだこの「綿」は「木綿」ではなく「真綿」を指している。

昭和初期、私の地元の家庭では、片倉製糸工場から譲り受けたくず繭を煮て、蛹を除いたものから真綿が作られていた。上質の繭を得るには、蚕に柔らかな春の桑の葉が十分に与えられる必要があった。

その上質の繭から紡がれた生糸（絹糸）が、絹織物の織り糸となっていた。

いつだったか、皇居の御養蚕所で飼育されている蚕の繭を使って奈良時代の絹織物「しろのあしぎぬ」が、正倉院宝物どおりの姿に復元されたという新聞記事を読んだことがある。

絹織物は縦糸・横糸に使用する紡ぎ糸の大小や、捩じりの有無と織りの密度の組み合わせで、「うすもの」の「紗《しゃ》」、「絽《ろ》」から「羽二重《はぶたえ》」、厚地の「錦」まで、いろいろの製品ができあがるものらしい。

しかし「しろのあしぎぬ」がそのいずれに属するものかは知らない。

いずれにしろ、千数百年前から既に古代人たちは絹糸を紡ぎ、織り機を考案開発して絹織物をしあげていたわけである。その叡智と匠には感嘆させられるものがある。


たらちねの母《はは》がその業《な》る桑《くは》すらに願《ねが》へば衣《きぬ》に着るといふものを（巻七・一三五七）

（母が手業として蚕を飼っている桑でも、そのつもりで蚕を飼えば着物にできる）


桑の葉が着物になる奇跡が詠まれている。

この時代は自生する「やまぐわ」の葉が摘み集められ、蚕の飼育が行われていたのだろうか。あるいは、既に桑の栽培が行われていたのだろうか。


大正年間、鳥栖に信州・諏訪から進出した片倉製糸工場が建設された。ついで建設された旧専売公社の前身である。一方、旧藩時代から近傍で盛んだった製臘業は衰亡した。そしてこの地方特有であった、木臘をとるための櫨畑は一面養蚕のための桑畑へと変貌した。

昭和二十年、日中戦争勃発前後のころに幼少期を過ごした私たちには、熟した桑の実は魅力的なものであった。また、蚕部屋で蚕が桑の葉を齧《か》む音や、くず繭を煮るときの異臭は未だに忘れられないでいる。

このころ、いち早くアメリカでは化学合成繊維が開発され、「ナイロン製ストッキング」が我が国からの絹織物の輸出を激減させた。

一方では、日米開戦前後より、石油・綿花・羊毛の輸入は途絶えた。石油も綿花もない国内は、脆弱な代用人造繊維、人絹《じんけん》（スフことステープル・ファイバー）の時代となった。

かくて、用を終えた桑畑は自給自足の食料増産のための甘藷《かんしょ》畑へ、製糸工場は軍需工場へと変貌した。ちなみに戦後、この甘藷畑などの土地は第二次産業誘致のため土地開発公社に買収され、三度変貌して工場団地や新興団地が出現することになる。

さて戦争末期には、高価な純白の羽二重もだぶつき気味となった。そして、それは雲の彼方へ出撃し決して帰ることのなかった特別攻撃隊の襟に巻かれ、「神風」と書かれた鉢巻き姿の死装束となった時期があった。

「悠久の大義に殉ずる」と一死無生の死地に赴かれた有意な若人たちのお蔭で、以来半世紀以上にわたって我々は、戦禍にさらされることのない世界に生きている。大宰府古跡を散策した際、ひさしぶりに桑を見て、絹にまつわる思い出が彷彿として甦ったのであった。

（平成九年七月）

梧桐（ごとう、あおぎり）……アオギリ科（木本類）

戦後、医師国家試験制度が導入された。医学部卒業後、一年間にわたる実地習練（インターン）が国家試験受験の必須条件であった。

学生でも医師でもないこの間の身分の保障はなく、無給というのが原則であった。わずかな額の給与が支給されるという北九州の総合病院を、私は実地習練病院に選んだ。

その病院の中庭に、三、四本の梧桐《あおぎり》の木があった。木枯らしの風に、枯れ果てたその葉が乾いた音を立てながら舞い落ちた光景が忘れられない。

「梧桐」の見える万葉歌は大伴旅人の歌（巻五・八一〇）の題詞にある。

大伴淡等《おほとものたびと》の謹状《きんじやう》
梧桐《ごとう》の日本琴一面《やまとごといちめん》　対馬の結石山《ゆひしやま》の孫枝《ひこえ》なり
この琴、夢《いめ》に娘子《をとめ》に化《な》りて曰《いは》く、「余《われ》、根を遥島《えうたう》の崇《たか》き巒《みね》に託《つ》け……

と長歌が続く。

大宰帥として筑紫に在った旅人が、日本琴に副えて、藤原房前《ふささき》に送ったものである。時期は天平元年（七二九）十月七日とある。

平城京では従来の五衛府の上に中衛府が設置され、藤原房前が中衛大将に任じられた。

天平元年に入ると、聖武天皇妃となった、藤原氏出身の安宿媛《あすかひめ》の皇后冊立《さくりつ》に反対だった天武皇孫の長屋王一家が藤原氏によって謀殺された。

藤原一門外の旅人を筑紫に遠ざけ、藤原私兵ともいうべき中衛府を掌握した後では、当時、台閣のトップであった左大臣・長屋王の排除も容易なことであった。既に六十路半ばの旅人には、この藤原氏の存在は恐怖だったのかもしれない。その不安から、内廷の実力者、房前への琴の送呈となったのだろうか……。


カサカサと音を立てながら梧桐の葉が舞い散った日の数日後、一人の癌性腹膜炎の患者さんが静かに息をひきとった。

そのころ、四十代後半、働き盛りの彼はその一カ月あまり前、大学病院から転院してきた。末期の肝臓癌であった。

既に肝臓に硬い腫瘤を触れていたが、ちょうどそこに古くなった線状の瘢痕《はんこん》があった。そのことに話が触れると、彼は中支での作戦中に流れ弾に当たって受傷したときのことを、手振りを交えて具《つぶさ》に語ってくれた。そしてそのとき、「自分の命を守ってくれたのは、そこにあった一本の『あおぎり』の木であった」ことと共に……。

それから一カ月あまり、終末の痛みにも為す術もなく、私は彼の苦痛の聞き役に徹した。彼には中学生の長女がいた。その子が学校の帰りに息急き切って父の所へ駆けつけてきた。期末試験の数学の点数がクラスでトップだったことを知らせるためであった。しかし、数時間の差で、それは父の脳裏に刻まれることはなかった。

最後の肝性昏睡に入ったその日、彼は別の個室へ移された。最後のときを迎えるためである。その病室から、私は窓越しに「あおぎり」の落葉の風景を感慨深く眺めていた。戦場の話のなかに「あおぎり」があったことを意識していたためだろうか。

遙かなる日の思い出であるが、未だにその光景が甦ってくる。

（平成十二年二月）

山菅（やますげ）……ユリ科

庭の築山に、実家から移植した柊《ひいらぎ》の古木がある。その下にいつからか、細長い葉を叢生《そうせい》させる見覚えのある植物が自生しているのに気づいたが、特に気にも留めていなかった。

昭和二十年、当時久留米の中学に通っていた私が二年に進級して間もないある日、庭の掃除を手伝っていた。そのとき、そこにあった柊の木の下で同じこの植物を見ていた。半世紀も過ぎた今、それが「ある日のこと」とかなりの精度で特定できるのには訳がある。

山菅（やますげ）

それは、その日が何度目であったか、大刀洗航空隊や、その付近の軍事施設がアメリカ艦載機の空爆を受けた日だったからである。
警戒警報が発令され、下校して家の庭にいた私は、南東の方角からきた多数のグラマン戦闘機の編隊が、頭上に飛来する前に急に向きを変え、一機また一機と次々に急降下し始めるのを、東の空の視界から消えるまで見ていた。やがて爆発音に続いて微かな地響きが伝わってきた。その光景は、福岡や久留米空襲と共に強く脳裏に焼きついている。
さて、その日の掃除の途中で、その植物の葉の下に隠されていた柊の葉を掻き出そうとして、枯れて硬くなっていたその葉の棘が私の指に深く刺さった。全身に電流が走るような痛みは今も忘れられないほどのものであった。腹立ち紛れの乱暴な少年は「くそっ」とばかりに二度三度と、くだんの植物を力任せに踏みつけていた。「可愛らしい花が咲くのに……」。黙って見ていた母が呟き、この植物の名を教えてくれた。でも、そのときに教えられた名前はすっかり忘れていた。紺碧の美しい実のある写真に添えて、万葉歌の書かれた本に巡り合ったのは、岳父の法要の後であった。少し前のことなのでさだかではないが、入江泰吉さんの万葉植物の写真集の一ページ目に添えられた歌は、

妹《いも》がため菅《すが》の実《み》摘《つ》みに行きし我山道《われやまぢ》に迷《まと》ひこの日《ひ》暮らしつ（巻七・一二五〇）

「――柿本朝臣人麻呂の歌集に出づ」という一首であったと思う。

犬養孝監修の『花の万葉集』（大貫茂著、グラフィック社）には、

山菅《やますげ》の実成《みな》らぬことを我《われ》に依《よ》せ言はれし君《きみ》は誰《たれ》とか宿《ぬ》らむ（巻四・五六四）

が添えられて、さらに「『万葉集』に登場する『山菅』と詠まれている植物については議論があるが、十三首の歌の情景から、ジャノヒゲ、ヤブランなどの総称であろう」との解説がある。また『万葉の植物』によると「ジャノヒゲ」の根が、漢方でいう「バクモンドウ」（麦門冬）で、「大葉麦門冬、和名ヤブランもジャノヒゲ（小葉麦門冬）も共に林野に自生する常緑の多年草で、地下に連珠状の根を有し、これから細長い葉を叢生する。初夏には淡紫色の花を穂状に開き、花の後、碧色の美しい実を結ぶ」と説明されている。

これらのことから冒頭の植物は山菅と分かり、私はそれから二、三年、新しい葉が出て、花が咲き、美しい実を結ぶさまを身近に見つめてきた。

初夏になり、その山菅に可憐な花が開くと、半世紀も前の空襲のことや、呟くように語った母の言葉が彷彿として甦ってくる。

いかに可愛らしい花が咲き、美しい色の実を結ぶものとはいえ、その時季以外は木陰に生える地味な植物で、ややもすると見逃しがちの山菅を、十数世紀も前の万葉歌人たちは歌に詠んでいたわけで、その感性の豊かさに改めて驚かされる。

我が庭のいろいろの思いを秘めた柊とその下の山菅は、私を遙かな轍へ振り向かせる所縁のものなのである。

（平成六年五月）

思い草（ナンバンギセル）……ハマウツボ科

鼓動の止んだ幼友達（N君）の体にメスが走り、次第に病巣の全貌がさらけ出されてくる。そのとき、私は病理解剖室にいた。医師であり友達である私はその許可を得ていたからである。せめてもの彼への心尽しのつもりでもあった。

昭和十三年、われわれは田代小学校に入学、第二次大戦中をここで学んだ。この戦時下も、先輩の残した校庭の桜並木に、花爛漫の春を歓び、風に舞う花吹雪に雀躍した。(中略)時あたかも母校創立百周年、われわれも卒後三十周年を迎え、かつての桜並木の再建を発願した。(後略)

昭和四十九年、同級生百余名の手によって、河内ダムへの道路沿いに約三百本の桜の植樹が行われた。その由緒を刻んだ碑文の一部が前記のものである。

そのとき、植樹の実行責任者を務めたN君は、その後も共に施肥、補植、草刈りを続けた仲間であったが、この夏、病に倒れた。

この桜並木には市内在住の高尾嘉之《たかおよしゆき》さんによって「諧和《かいわ》の桜」と名づけていただいたが、彼の脳裏にはこの名は刻まれることなく、念願の記念碑を見ることもなく急逝した。

道《みち》の辺《へ》の尾花《をばな》が下の思《おも》ひ草今更々《いまさらさら》に何か思《おも》はむ(巻十・二二七〇)

「思い草」は初秋からすすきの根元に密かに可憐な赤紫の彩りを添える一年生の寄生植物で、ナンバンギセルの別名がある。

桜の植樹以来、毎年一、二回の下草刈りを続けてきた。数年前、すすきの草叢に咲いていたと、そのN君が赤紫の草花を見せながら「こりゃ、なんじゃろか」と尋ねてきた。そのとき、

思い草（ナンバンギセル）

偶然にも通りかかった初老の夫婦が近寄ってきて、万葉植物で「思い草」（ナンバンギセル）と呼ばれることや、すすきの根に寄生するため葉がないことなどを教えていただいた。万葉愛好家らしいご夫婦は、河内ダムにある万葉植物の群生する自生地を見に行かれた帰りだった。

その後、この万葉植物が鳥栖市内のかなり広範な台地に自生していることを知った。そして、その辺り一帯が古墳群や遺跡の宝庫にも一致することから、太古のロマンに触れる思いでこの花に愛着を覚えた。以降、初秋ともなればすすきの根元をそっとかき分ける楽しみがふえたが、最初にそれを見つけたN君は不帰の客となっていた。

彼の亡き今、うつむき加減のこの花には一入の寂しさを禁じ得ないものがある。

無心にその梢を伸ばし続ける桜並木は、春になれば、短い期間ではあるがその梢を花で満たし、秋には思い草がすすきの根元に芽を出し、風情ある彩りを添えることを繰り返してきた。さらにこれからも私の心を満たし続けることだろう。

しかしまた、その度帰らぬ友を思い、散る花を惜しむ心と共に、今まで以上の哀感を心の隅に残していくことであろう。

ともあれ、豊富な種類の野鳥が棲む九千部の自然林、万葉植物の群生する自生地、そして貴重な古墳や遺跡群、これらの素晴らしい故郷、鳥栖の自然が、開発の名のもとにみだりに破壊されることのないように願わずにはいられない。

（昭和五十八年）

水葱（なぎ、みずなぎ）……ミズアオイ科

ひさしぶりに草叢に「おはぐろトンボ」が止まっているのを見た。かつては、水田の側を流れる溝の水面から頭だけを擡《もた》げて咲いている水葱の花に、そのトンボが止まって黒い羽を開閉させている光景をよく見かけた。

米作りも最近では、機械化・省力化によって随分様変わりしたものとなった。田植えの後に、暑い夏の間に行われていた「田の草取り」は重労働であった。当時はまだ現在のような除草剤

も除虫剤もなく、稲株の間に生える水草は全て人手によって排除されていた。二、三回の「押し雁爪《がんづめ》」（車のついた器具を前後に押したり引いたりしながら、稲の株の間を耕す）による除草はまだしも、「とめぐさ」といわれた最後のそれは腰を曲げ、地を這うようにして四爪の雁爪で水田を耕して除草されていた。

「こなぎ」ともいわれた「水葱」も水草の一つで、夏の陽光で湯のようになった田水のなかでも繁茂していた。それは横を流れる溝にも水藻と共によく見られたもので、発育した茎の先端に薄紫の花をつけていた。

渇水の時期、下流の農民が夜陰に紛れ、その溝の上流の田の水口《みなくち》近くの田に水を引くために作られた堰に三つまたを一鍬入れるだけで、水流によって堰は見る間に壊れてしまう。「水盗む」という言葉が俳句の季語となっているのは、こんな事情によるものだろう。水を巡る諍《いさか》い「水喧嘩」があったのはこのころのことである。

今ではそんな溝もU字溝となり、水草の生える昔の面影はなくなってしまった。

『万葉集』には水葱を詠んだいくつかの歌がある。

春霞《はるかすみ》春日《かすが》の里の植《う》ゑ小水葱苗《こなぎなへ》なりと言ひし柄《え》はさしにけむ（巻三・四〇七）

（春日の里の植えてある水葱はまだ苗だと言っていたが、もう大きくなったことだろう）

妻問う娘を「水葱」に譬えて、夜這《よば》う殿方が、その娘の母に贈った歌である。

数年前の秋、大宰府古跡散策を計画し、その際に万葉料理の食膳を囲もうとしたためた手紙を出した。その便りに関東在住の中学時代からの友達から「楽しみにしている」との返信があり、そこに添えられた歌が、つぎの万葉歌であった。

醬酢《ひしほす》に蒜搗《つ》き合《か》てて鯛願ふ我《われ》にな見えそ水葱の羹《あつもの》（巻十六・三八二九）

「醬《ひしほ》」は今の「諸味《もろみ》」のようなもので、「蒜」は「にんにく」（大蒜）や「らっきょう」などユリ科食用多年草の総称。「羹」は「吸い物」のことである。

この二首から、水葱は古くから栽培されていたもので、葉柄が食用に供されていたものらしいことがわかる。だが、その「水葱の羹」はあまり歓迎されたものではなく、水っぽくてまずいものだったようである。

その日、最初に訪れた水城《みずき》には野蒜《のびる》が群生していた。しかし、既に刈り取られていた田圃には水葱の痕跡すら認められなかった。

「醬酢に蒜搗き合てて——」を思い浮かべながらついた「万葉料理」の膳に運ばれてきた吸い物は、「水葱の羹」ではなく、香り高い「あきのか」（松茸）が浮かべられた高級なものであった。

（平成十一年三月）

梅檀・楝（せんだん・おうち、あふち）……センダン科

学校の運動場の隅などに植栽されていた梅檀の大木がめっきり少なくなった。私が入学したころ（昭和十三年）の田代小学校の運動場の隅にも、この大木が五、六本並んでいた。幹周りは子どもの両腕にあまるものであったろうか……。

初夏のころともなると、休憩を取るのに都合のよい半日陰を作っていた。「梅檀の木の所に集まれ」。体操や学校農園の作業の前に、担任の先生からよくそんな指示があった。こと改まって「これが梅檀だよ」と教えてもらった記憶は全くないものだが、以心伝心のうちにみながそれとなくその木の下へ集まっていた。

「梅檀は双葉より芳ばし」の譬えは当時は知る由もなかった。晩秋のころともなると、二〇センチぐらいの葉柄や黄色い実が落ちていた。

中納言、大伴旅人は六十三歳になって「遠の朝廷」の長官として大宰府へ赴任したが、間もなく同行した妻の大伴郎女を失っている。

その旅人の悲しみを山上憶良が代わって詠み、大伴旅人に捧げたといわれる「日本挽歌」一首と反歌五首のなかに、楝《あふち》（梅檀）が詠まれている。

梅檀（せんだん）

妹《いも》が見し楝《あふち》の花《はな》は散《ち》りぬべし我《わ》が泣《な》く涙《なみた》いまだ干《ひ》なくに（巻五・七九八）

そして、これに続く五首目の反歌。

大野《おほの》山霧《やまきり》立ち渡《わた》る我《わ》が嘆《なげ》くおきその風《かぜ》に霧立ち渡る（巻五・七九九）

この歌は大野山（四王寺山）を背に筑前国分寺跡のすぐ側の社に歌碑が建てられている。

山上憶良が国守だった筑前国府もこの辺りにあったと推定されている。彼が見ていたであろう梅檀と同じ木が、この辺りにないものかということを心に留めながら、太宰府を散策したことがある。そして、梅檀の木が水城小学校（旧御笠小）と太宰府小学校校庭にあるのを見つけた。

何の変哲もない梅檀の木を見つけただけのことだったが、大野山を背景にしてそれを眺めたとき、千三百年を隔てた今、前の二首を感慨深く反芻させるものがあった。

太宰府天満宮庭園内にある「お石茶屋」は、幼かったころから両親と共にしばしば訪れたところである。そこの戸外には赤い絨毯を敷いた床がある。そこが半日陰となっているのは、そこに数本の栴檀があるからである。それを改めて知らされたのは、昨年楝の花が散り敷き、一面が薄紫に染まっていたころのことであった。


（平成九年五月）

椎（しひ、しい）……ブナ科

樫《かし》、楢《なら》、櫟《くぬぎ》などは、共に雑木林でよく見かける闊葉樹《かつようじゅ》である。かつて生活に不可欠であった薪《まき》や木炭の材料ともなっていた。農閑期を利用して、山からこれらの雑木を切り出して、年間に使う薪を蓄えていた家もあった。幹の部分は適当な長さに切り、斧で割って薪（割木）が作られた。小屋などの軒下に積み重ね、乾燥させていた。また小枝や葉の部分は束ねられ焚物小《たきもんこ》屋《や》に積まれ、乾燥させ枯れたものが、いわゆる「焚《た》きつけもん」として使われた。

山深いところでは炭焼窯でこれらの木から木炭が作られ、萱《かや》を編んで作った炭俵《すみだわら》に詰めたものが市場に出され、家庭の暖房に欠かせないものとして利用されていた。材質の堅い樫や楢で作られるものが上質のものとされ、火持ちが長く、特に堅炭《かたずみ》と称された。

数年前になろうか、正月に古火鉢を持ち出し、堅炭を手に入れたまではよかったが、灰を作る麦藁がなく、また堅炭を熾《おこ》す段になって閉口させられた。かつては、竃に行けば火消し壺のなかに熾《おき》を取って作ってある消し炭を使って、たやすく堅炭に火が熾せたのにと思いながら、直接には容易に火のつかぬガスの上の堅炭を眺めたことがあった。

革命的ともいえるエネルギー源の変化が、家庭からこれらのものを駆逐してしまったことを実感させられた。炭焼きを生業《なりわい》としていた人たちと共に……。

尾道にいた学友の葬儀に出席した日は、新幹線沿線の森の樫や椎が、若葉や花に彩られたころであった。そんな訳で、五月晴れの日にはふと彼を思い出すことがある。

「しい」が詠まれた『万葉集』の歌につぎのものがある。

有間皇子《ありまのみこ》、自《みづか》ら傷《いた》みて松《まつ》が枝《え》を結ぶ歌二首
磐代《いはしろ》の浜松《はままつ》が枝《え》を引き結びま幸《さき》くあらばまたかへり見む（巻二・一四一）
家《いへ》にあれば笥《け》に盛《も》る飯《いひ》を草枕旅《たび》にしあれば椎《しひ》の葉に盛る（巻二・一四二）

松の項でも述べたが、この二首は、仕組まれた謀反の罠にかかった有間皇子が逮捕され、斉明女帝の湯治の地、牟婁《むろ》の湯（白浜温泉）に連行される途中で詠まれた歌である。結局は藤白の地で処刑され、一首目の願望は達せられていない。

　二首目の「椎の葉に盛る」については、「旅では満足な器もないので椎の葉に盛って食べた」と旅の不便な生活を表していると解釈されていたようである。事実、私たちは戦時中に、この歌が行軍中の歌であると教えられた覚えがある。もちろんその作者も、それが詠まれた事情も秘されたままであったが……。

　ところが「大和には米の粉を水で練って椎の葉に盛り道端の道祖神に供える風習のあることが判り、その解釈も変わってきた」というのである（『古典鑑賞講座・万葉集』「有馬皇子・歌を歌う行為をめぐって」宗左近監修、日本通信教育連盟生涯学習局、吉田加奈子著）。

椎（しい）

　確かに、「一首目にある望みを念じながら、旅の途中では飯を盛る笥もないので椎の葉に盛って神に供えるのだ」と二首を通じての解釈のほうが素人にもわかりやすい。あえて二首を並べてみた所以である。

最近では家庭生活からも忘れられがちの椎の木となったが、古代から今もなお、春の野や山を若葉で飾り、力強い生命の息吹を感じさせてくれる。その自然の摂理には畏敬の念を禁じ得ない。


（平成九年五月）

椿（つばき）……ツバキ科（木本類）

私の育ったこの地方では、第二次世界大戦末期のビルマのインパール作戦で戦死された方々が多い。

その一人Kさんは、戦前、菊つくりや園芸が趣味であった父から挿し木や接ぎ木を習っていた。そして、私の家の一本の渋柿に自分の家の甘い肥後柿の接ぎ木を残していた。

召集で入隊した彼が我が家を訪れたのは、昭和十五年の年末の餅つきの日であった。昭和十五年は皇紀では二千六百年にあたり、いろいろの奉祝行事が行われた。橿原神宮の改修と外苑の拡張、日向には「八紘一宇の塔」の建設、田代の幕末の志士であった津田愛之助の辞世の歌「大君の御楯となりて捨つる身と思へば軽き我が命かな」も選ばれた「愛国百人一首」の選定など……。

金鵄《きんし》輝く　日本の
栄えある光　身に受けて
今こそ祝え　この朝
紀元は二千六百年
ああ一億の胸は鳴る

椿（つばき）

この「皇紀二千六百年奉祝の歌」も作られた。そして、「皇国の少国民」たちはその歌を愛唱していた。

そんな記念すべき皇紀二千六百年が残り少なくなった我が家の餅つきの日、私は感傷的な気分でその歌を口ずさみながら糯米《もちごめ》を蒸す竈の火を守っていた。

「星の数が増えました」

外套の腕に「公用」の腕章を着けたKさんは襟の階級章を指差しながら、父に向かって挙手の礼を捧げた。そして、外套と上着を脱ぎながら、「一臼つきますか」と杵を取っていた。それは、私が見た彼の最後の姿だった。Kさんは外地に向かう前にもう一度我が家を訪ね、挿し木で育てた椿の一本を裏にあったお地蔵さんの側に植えて去っていったのだと、生前の母は語っていた。

大宝《だいほう》元年辛丑《しんちう》の秋九月、太上天皇《おほきすめらみこと》、紀伊国《きのくに》に幸《いでま》す時の歌

巨勢山《こせやま》のつらつら椿《つばき》つらつらに見つつ偲《しの》はな巨勢の春野《はるの》を（巻一・五四）

（巨勢山の沢山ある椿をつくづく見ていると、巨勢の春には椿がさぞ美しいことであろうと思われる）

出征兵士の残した一本の藪椿は、一重の真っ赤な花を咲かせ続けた。そしてお地蔵さんのお祭りのときなど、決まって話題となっていた。

「Kちゃん柿」と称した、Kさんが接ぎ木をした一本の柿も、秋にはたわわに実を結び、私を喜ばせてくれた。しかし、やがて豊富になったほかの果物に押され、省みられないものとなってしまい、十九号台風で根こそぎ倒されてしまった。

椿もかなりの古木となっていたが、これもまた、虫食いのため枯死してしまった。

Kさんをしのぶ所縁のものは朽ち果ててしまい、第二次大戦の記憶も次第に風化されたものとなってしまった。
「神州不滅」を信じ、純粋な気持ちで戦場の華と散っていかれた人々も多い第二次世界大戦であった。結果的には敗戦に終わったが、残った私たちはまがりなりにも、半世紀以上にもわたって戦禍にさらされることのない国で生きてきた。そして、早春には美しい椿の花を愛でることのできる幸せを嚙みしめている。

（平成十二年三月）

桃（もも）……バラ科

『万葉集』巻十九の冒頭に、「天平勝宝二年三月一日の暮《ゆふへ》に、春苑《しゆんゑん》の桃李《たうり》の花を眺矚《てうしよく》して作る二首」がある。

春《はる》の園《その》紅《くれなゐ》にほふ桃《もも》の花下照《したで》る道《みち》に出で立つ娘子《をとめ》（巻十九・四一三九）
我《わ》が園《その》の李《すもも》の花か庭《には》に散《ち》るはだれのいまだ残りたるかも（巻十九・四一四〇）

万葉愛好者に馴染み深い大伴家持の歌である。

古来、中国では桃と李は春を代表するめでたい花で、結婚する男女を桃と李に例えて詠まれた歌が『史記』にある。また、この『史記』には「諺に曰く、桃李いわざれども、下自ら蹊を成す」とも記されていて、桃と李は対《つい》にして語られることが多いのであろう。

おそらく家持も意識的に、このめでたい桃と李を並べたものであろうといわれている。『日本書紀』にも桃と李の記載がある。推古、舒明天皇の条にあるそれは、いずれも天変地異が起こった年、季節外れの時季にこれらの花が咲き、実が実ったというもので、かならずしもめでたい花のイメージではない。ただ、中国原産の桃・李いずれも既に本邦へ移入されていたことを示している。

さて、桃の実を食べる風習はいつごろからのものであろうか。数年前、飛鳥古京の板葺宮跡の伝承地といわれる辺りに苑池の跡が発掘され、そこから多数の桃の種が発見されている。苑池の周りに桃林があり、おそらくその実も食べられていたものと想像される。

戦後間もない、まだ食糧事情が逼迫していたころ、旧制中学の先輩の一人が急逝された。こっそり友達と桃の食べ比べをして三十三個を食べた後、急性疾患で亡くなったのだと、まことしやかな噂が流れた。それには、相手だった人が三十二個で生命には異常がなかったことから、桃の致死量は「三十二個半だ」という枝葉もついていた。合わせて六十個以上の桃が、おいそれと手に入るはずのない時代の無責任な噂だった。「水蜜桃を腹いっぱい食べてみたい」というのは、当時の人々みなの渇望だったのだろう。

戦後、貨幣価値が暴落し、生命保険の満期保険金はわずかなものであった。それを得た母は、それで水蜜桃の苗木を求めていた。ほかのものを求め得る金額でもなく、水密桃が大好きだった母の思いもみなの渇望と同じだったわけである。

いわゆる花を愛でる「花桃」が市内の河内ダムの堰堤に植えられている。かつて、河内集落に至る山峡の山道の側に、「一里松」と称された老松が屹立していて、集落の人たちに親しまれていた。昭和四十年代に、山峡にダムが建設され、湖底に沈む一里松が伐採されるのを惜しんだ河内集落の人たちが、松に代わって花桃の並木を願って植樹されたものと聞いている。

その後、ここにはたくさんの市民たちの手で桜並木も作られ、その季節になると花桃と対比するように桜も花をつけ美観を呈する。

桜梅桃李などの花に寄せる思いは古今東西、時代を超えて同じようなものだったのだろうか……。

（平成十四年九月）

桃の節句の桃酒

藤（ふじ、ふぢ）……マメ科

大宰帥に任じられても、旅人の父、大伴安麻呂（大納言）もそうであったように、兼官のまま任地に赴かない中央の議政官（閣僚）が多かったなかで、中納言だった旅人は六十路を越えていても、「遠の朝廷」筑紫の地へ赴任しなければならなかった。

藤原不比等《ふひと》は文武《もんむ》天皇に娘の宮子《みやこ》を入内させ、その間に聖武天皇（首皇子）が誕生する。その皇子にも、不比等と橘三千代《たちばなのみちよ》との間に産まれた安宿媛《あすかひめ》（後の光明《こうみよう》皇后）を入内させた。そしてその間には不比等が待ちかねた男児の誕生（基王）を見たが夭折してしまった。外戚政治を夢見ながら不比等は薨《こう》じた。彼の子どもたち、武智麻呂《むちまろ》、房前《ふささき》、宇合《うまかい》、麻呂《まろ》の四兄弟も、新興氏族である藤原氏が天皇家外戚の地位と政権の座を確固たるものにするため、いろいろと策を講じたといわれている。前例のなかった民間出身の異母妹、安宿媛を聖武天皇の皇后に冊立《さくりつ》したのもその一例である。

その前に立ちはだかったのが、不比等亡きあと台閣のトップにあった天武天皇の皇孫で、聖武天皇には父の従兄弟にあたる左大臣の長屋王（父は天武の長子である高市皇子、母は天智の皇女の御名部皇女《みなべのひめみこ》）であった。当然、藤原氏にとって目障りな存在であったといえよう。

そんな藤原氏との対立的な状況下では、代々天皇家直属の武族の長・大伴旅人は藤原氏にと

藤（ふじ）

っては好ましい存在ではなかったはずである。事実、旅人を大宰帥として筑紫に遠ざけ、藤原四兄弟は聖武の皇子、基王が夭折したのは長屋王の呪詛によるものと聖武の勅許を得て、長屋王と妃の元正《げんしょう》女帝の妹、吉備《きび》内親王《ないしんのう》の一家を抹殺し（長屋王の変）、念願の光明皇后を実現させる。

この藤原氏は藤氏とも称され、その家紋は「ふじ」である。そのためか否かは定かではないが、不比等創建の春日大社や神苑には多くの「ふじ」が植栽されている。そんな藤の花の長い房が風に揺れるさまを「ふじなみ」と譬えられている。

「ふじ（藤）」を詠んだ万葉歌も多いが、そのなかに筑紫で大宰帥旅人へ贈られた、部下の大伴四綱の歌と旅人が和えた歌がある。

「防人司佑《さきもりのつかさのじょう》　大伴四綱《おほとものよつな》の歌二首」のうちの一首。

藤波《ふぢなみ》の花《はな》は盛《さか》りになりにけり奈良の都《みやこ》を思《おも》ほすや君《きみ》（巻三・三三〇）

「帥大伴卿《そちのおほとものまへつきみ》の歌五首」の冒頭の歌。

我《わ》が盛《さか》りまたをちめやもほとほとに奈良の都《みやこ》を見ずかなりなむ（巻三・三三一）

この同じ大伴一族の人たちの歌の贈答を見て、ふと「長屋王の変」の後、奈良の都での藤原氏の興隆を考え、「藤波の花の盛り」を「藤原氏が権勢を欲しいままにする世になった今……」と解すると、旅人の五首のなかにある強い望郷の念の歌とは裏腹に、落ち目となった大伴家を嘆く旅人の歌には、藤原一門に対する恐怖の気持ちがあったのではないかと思いたくなる。歴史にも文学にも素人の、あまりにも穿った考えであろうか……。

いずれにしろ、いったんは天平九年の天然痘の流行で藤原四兄弟は相次いで死亡したものの、その後の北家、房前の後裔たちが平安時代まで、天皇家外戚として栄耀栄華を欲しいままにする「ふじ」の家紋の時代が続くのである。

（平成十年五月）

馬酔木（あせび、あしび）……ユキノシタ科

鳥栖市内の田代地区太田に、安生寺という尼寺がある。地元の人から「太田のお観音さん」と呼ばれ、親しまれてきたご本尊、子安観世音菩薩の開扉法要は、十二支の寅年に行われるのが慣例であり、昭和六十一年にも行われた。一軒の檀家も持たない尼寺にとって、開扉法要の開催は決して容易な業ではなく、田代地区、特に地元の協力なしに行い得るものではない。この年、私も寺総代として具体的な実行計画から参画させられた。

二月初め、最初の会合の日、私は正面の階段を上り詰めた境内の左手にある「山路来て何やらゆかしすみれ草」の芭蕉句碑近くにある一本の小灌木に気づいた。まだ堅い蕾をつけただけの何の変哲も

馬酔木（あせび）（写真提供：橋本瑞夫氏『季寄せ花模様』海鳥社刊より）

ない馬酔木《あしび》であった。

『万葉集』には馬酔木を詠んだ歌十首がある。そのうちの一つ。

大津皇子の屍《かばね》を葛城《かづらき》の二上山《ふたがみやま》に移し葬《はぶ》る時に、大迫皇女の哀傷《かなし》びて作らす歌二首

うつそみの人《ひと》なる我《われ》や明日《あす》よりは二上山《ふたがみやま》を弟《いろせ》と我《あ》が見む（巻二・一六五）

磯《いそ》の上に生《お》ふるあしびを手折《たを》らめど見すべき君《きみ》がありといはなくに（巻二・一六六）

大伯皇女《おおくのひめみこ》、大津皇子《おおつのみこ》姉弟の母はいずれも天智天皇の大田皇女《おおたのひめみこ》である。この母は本来、天武天皇の皇后候補の最右翼であったが、幼い姉弟を残して早世したため、同母妹の鸕野讃良皇女《うのさらのひめみこ》（後の持統女帝）が皇后の地位に就いた。二人の姉弟にとっては叔母に当たる。

そんな事情から姉は十三歳で伊勢の斎宮《さいぐう》として神に仕える身とされた。独りぼっちとなった大津皇子は父、天武の期待を背負っていたが、天武の死後、皇后によって処刑された。齢《よわい》未だ二十四歳であった。

この事件で斎宮を解任され、飛鳥に戻った彼女が、大津皇子が移葬された二上山を見て詠んだのがこの歌である。

白く清楚な馬酔木を見ても、大伯皇女の目には悲しい花に映ったことだろう。その後も彼女は独身を通し続けながら寂しくその生涯を終えている。もし、その母が健在だったら、二人の

生涯は異なったものになっていたであろう。

三月に入っても、最初に見た馬酔木にはさしたる変化も見られなかった。

子どもにも恵まれず、妻にも先立たれた唯一人の私の兄は、以来一人暮らしであったが、なぜかこの寺の開帳を楽しみにしていた。その兄が急逝したのが、その年の松の内の過ぎたばかりの一月八日であった。

地元の方々のご尽力のお蔭で、多くのご喜捨によって四月五、六の両日、開扉法要は滞りなく行われた。幸い両日ともに快晴にも恵まれ、満開の桜が彩りを添えてくれた。

全てが終わったとき、私の胸には安堵感と軽い満足感、そして、つぎは十二年後という感傷の入り交じった複雑なものがあった。

人の去った境内の馬酔木も、この間のときの流れを示すかのように、白い花が梢を飾っていた。

ふと、未だ忌中の二月以降、忘れかけていた薄幸の兄の死の悲しみが甦り、足元の馬酔木の花に目を落としていた。弟の死を悼み、馬酔木を眺めた古代万葉歌人・大伯皇女を思い浮かべながら……。


（昭和六十一年五月）

萩（はぎ、やまはぎ）……マメ科

「茸《きのこ》刈《が》り」（鳥栖地方の方言で言う「なばかぎ」）に母はよく私を連れて行った。そんなとき、山萩を見ると決まったように「萩は寂しいから、あんまり好かん」と言っては、夭折した私の姉の着物の模様に萩があったことを語っていた。無意識にその言葉が影響しているのか、私にもちょっぴりうら寂しさを感じさせる山野草である。

『万葉集』には萩に寄せた歌が最も多く、百三十首にあまる。その思いはまちまちだろうが、「鄙《ひな》びた」風流に寄せるものが多い。

高円《たかまと》の野辺《のへ》の秋萩《あきはぎ》いたづらに咲《さ》きか散《ち》るらむ見《み》る人なしに（巻二・二三一）

奈良の高円山の西麓にある白毫寺《びゃくごうじ》に、この歌碑がある。

この寺の辺りには、天智天皇の子・志貴皇子《しきのみこ》の邸宅、春日宮があったといわれている。その志貴皇子薨去のとき、神亀・天平の歌人、笠金村《かさのかなむら》が皇子への挽歌の長歌と共に、反歌二首を残したうちの一首が歌碑のそれである。

奈良公園から少し離れた、山の辺の道に続く高円山麓の閑静なこの寺を訪ねたのは、秋雨のそぼ降る日であった。両側に萩が植えられた階段を上り詰めると鄙びた山門があり、素朴な本

萩（はぎ）（写真提供：栗原隆司氏）

堂の周囲にも萩叢《はぎむぐら》があった。この寺でもう一つ有名な五色椿の老木の奥に、志貴皇子の御陵のある高円山を背にして建てられている金村の万葉歌碑がしっとりと秋雨に濡れていた。

明日香宮《あすかのみや》より藤原宮《ふぢはらのみや》に遷居《うつ》りし後に、志貴皇子の作らす歌
采女《うねめ》の袖《そで》吹《ふ》き返《かへ》す明日香風《あすかかぜ》京《みやこ》を遠《とほ》みいたづらに吹《ふ》く（巻一・五一）

この歌は「采女たちの去った、明日香京の寂しさを風に託した歌」としてよく知られた万葉歌の一つといわれる。

志貴皇子が最初に表現したこの「いたづらに」を、笠金村はその皇子をしのぶ歌に用い、「旧邸近くの野辺の萩も、愛でる人を失ってしまった今は、花を咲かせて散ってしまうだけ」とその寂寥

感を表している。それが意識的なものであったのか、偶然だったのかは分からないが、この寺を訪ねてみたくなった所以であった。

壬申の乱以降、天武天皇系の皇統の権力の座に距離を置き、ひっそりと和歌を楽しむ生活を送りながら一生を終えた志貴皇子は、自分が天皇と呼ばれるなど露知らぬことであったろう。死後、自分の子・白壁王が称徳《しょうとく》女帝の後を継いで光仁《こうにん》天皇となったため、志貴皇子も「春日《かすがの》宮御宇天皇《みやにおわしましすめらみこと》」と追尊されている。

生前に「天皇《みかど》」などと呼ばれたならば、戸惑いのほうが先に立ったことだろう。それよりもこの皇子は、萩やすすきの繁る露深い山荘住まいの風流人のほうが、はるかに相応しいものに思えるからである。

（平成七年十一月）

蒜（ひる、のびる）……ユリ科（草木類）

土用の丑の日に鰻を食べる風習はいつごろからのものであろうか。『万葉集』には大伴家持の「痩せたる人を嗤笑《わら》ふ歌二首」というものがある。

のびる

石麻呂《いしまろ》に我物申《われものまを》す夏痩《なつや》せに良しといふものそ
鰻《むなぎ》捕《と》り喫《め》せ（巻十六・三八五三）
痩《や》す痩すも生《い》けらばあらむをはたやはた鰻を
捕《と》ると川に流るな（巻十六・三八五四）

いつだったか、太宰府市内の政庁跡の万葉料理を提供してくれる料理店で出てきた一品に、鰻の粕漬けがあった。そのときは「万葉料理に鰻とは……」と、ちょっと奇異な感じを否めなかった。まだ、『万葉集』にこの二首があることを知らなかったためである。改めてもう一度と思うが、この店は既に廃業してしまっている。いずれにしろ、「痩せに鰻」というのは既に万葉の時代から言われ続けてきたものであろう。そして食の進まないころ、「夏痩せにも栄養たっぷりの鰻を」という組み合わせができあがったものだろう。

古代食の食材を想像させる万葉歌の一つ。

酢《す》・醬《ひしほ》・蒜《ひる》・鯛《たひ》・水葱《なぎ》を詠む歌

醬酢《ひしほす》に蒜《ひる》搗《つ》き合《か》てて鯛願《たひねが》ふ我にな見《み》えそ水葱《なぎ》の羹《あつもの》（巻十六・三八二九）

ここには調味料、魚菜の名が見えている。

水葱については前に記したが、蒜の詠まれた歌はこの一首のみである。「ひる」とは「らっきょう」や「にんにく」などユリ科の食用多年草の総称らしい。「のびる」は古代に栽培されていたものが野生化したものという。これはちょっとした広場や田の畦などで広く見ることができる。「ねぎ」か「にら」に似た茎、根が「らっきょうの」のようにやや膨らみのある「のびる」が食用になることを、そしてそれが可愛い花をつけるものであることを、共に教えてくれたのは、博識で俳句にも堪能であった山菜好きの伯母である。

春、私に案内させて「よめな」の新芽を摘んでいたとき、目敏く「のびる」を見つけ、それを取り揃えていたのはもはや、半世紀も前のことになる。そのときのそれがいかに調理されたかは知らない。

十年も前のことになろうか、通りかかった農道の畔に群生した「のびる」に花が咲いているのを初めて見た。六弁のユリ科の小さな花は、わずかに紅を帯びた可愛らしいもので、印象的であった。

天麩羅《てんぷら》を「酒の肴」にとは、私にはとても考えられないことであった。なんとなく油濃く、それを天汁につけたものを「酒の肴」にするなど、どうしても馴染めるものではなかったからである。ところが、それは私の固定した先入観によるものであることを知らされた。

初めて天麩羅の専門店を訪れたとき、さすがにパリッと揚がった野菜の揚げたてを塩で食べることを覚えた私は、いつの間にか、ちょっとした天麩羅ファンとなっていたのである。

そこでは旬の山菜、特に早春のそれは待ち遠しい。蕗《ふき》の薹《とう》、だらの芽、筍、蕨《わらび》などと共に揚がってくるのびるを味わい、酒の肴にもいいなと思いつつ、今は亡き伯母と私にしか通じない半世紀も前の昼下がりの出来事にも思いを致すのである。

（平成十三年八月）

麻・大麻（あさ）……クワ科

小学校時代の恩師は、今や全ての方が物故されてしまった。昭和十三年、私が田代小学校に入学したときの担任の先生は高田登一《たかたとういち》先生であった。校長先生は江崎信道《えさきしんどう》先生で、その年、先生が作詞され、これに音楽の先生の陶山聡《すやまさとし》先生が作曲されたものが田代小学校校歌であった。

太田《おおた》の御寺祇園社《みてらぎおんしゃ》の

神や仏に守られて
御代《みよ》に負い立つ有り難さ
見よ九千部《くせんぶ》の揺るぎ無き
大木の流れ尽きせぬを
不言《ふげん》実行励みなむ

御楯《みたて》に軽《かろ》き生命《いのち》ぞと
蛤《はまぐり》　御門《ごもん》に散りし忠
病《や》める老母によく仕え
名も永吉に薫《かお》る孝
郷《さと》の誇りのこの鑑《かがみ》
滅私奉公《めっしほうこう》尽くさなむ

ちなみに、「蛤御門に散りし忠」は、京都での禁門の変で戦死した若い対馬藩士の津田愛之助や、青木与三郎、また田代の孝子、孝女の故事が詠まれている。昭和十三年、いわば、かくあれと田代小学校入学の我々のために作られたもののような、この校歌の寿命は、敗戦までの短いもので、田代小学校卒業の人でも知る人は少ない。

その江崎校長も高田先生も、少し短躯ではあったが、きちんとした詰襟の男先生の服装で、鼻髭を蓄えられた端正な方々であった。

夏は白い麻の詰襟の洋服を召されていた。戦前の巡査さんたちも、夏には広い肩章の目立つ白い服を着ていたし、町の旦那衆のなかにも麻の下着や着物を着た人を見かけた。

戦後の昭和二十三年、「大麻取締法」が制定され、いわゆる大麻（麻）の栽培が規制された後では、おいそれと麻の洋服も麻の着物もお目にかかることはなくなった。

神事に使われる麻苧

昭和十三、四年ごろであったろうか、私がかなり正確な記憶を持つようになったころ、家で麻が栽培されたことを覚えている。

夏に刈り取られた茎は、ちょうど紙を漉《す》く前の楮《こうぞ》のように蒸され、皮が剥がれ、その皮を、まだ綺麗だった大木川で水に晒し、洗われてその強靱な繊維が取り出された。それから麻のロープが作られ、短く切った繊維は裂かれて野菜の支柱に苗を結びつけるのに利用されていた。

麻には地味な花が咲き、実を結び、その麻の実は鳥の餌にされていたらしいが、精進料理のがんもどきなどに母が混ぜ込んでいたのを覚えている。

麻衣《あさごろも》着《け》ればなつかし紀伊の国の妹背《いもせ》の山に麻蒔《あさま》く我妹《わぎも》（巻七・一一九五）

この歌には、麻の種が蒔かれることが詠まれている。

麻は「衣草《きぬぐさ》」とも呼ばれ、紅花《べにばな》、藍《あい》と共に「三草」と称され、民家の必需品として古代から栽培されてきたものといわれている。

今では「麻のなかの蓬《よもぎ》」（人も善人に近づけば、その感化を受けて善人になる）の譬えは死語となり、「麻」という文字は、ときに「大麻の不法所持」などと新聞で報じられるに過ぎないものとなってしまったのは寂しいことである。

（平成十五年五月）

柳・楊（やなぎ）……ヤナギ科

万葉学者、故・犬養孝先生の愛弟子の一人、西宮在住の岡本三千代さんは「万葉うたがたり」をライフワークとされ、万葉歌に現代風な曲をつけ、全国で行われる万葉の催しで、当時の衣裳姿でそれを披露されている。私も唐津、太宰府、飛鳥などで、何回かその歌を聞いたこ

ねこやなぎ

とがある。
その「春のうた」のなかには、春を待つ人たちの気配がひしひしと感じられる歌が集められている。

石走《いはばし》る垂水《たるみ》の上のさわらびの萌《も》え出《い》づる春になりにけるかも（巻八・一四一八）
春の園紅《そのくれなゐ》にほふ桃の花下照《したで》る道に出《い》で立《た》つ娘子《をとめ》（巻十九・四一三九）
うち上《のぼ》る佐保《さほ》の川原《かはら》の青柳《あおやぎ》は今は春へとなりにけるかも（巻八・一四三三）

大伴坂上郎女《おおとものさかのうえのいらつめ》は「佐保の大納言」と称された大伴安麻呂《やすまろ》の娘で、旅人・宿奈麻呂《すくなまろ》の異母妹。若くして穂積皇子《ほづみみこ》妃となるが、皇子の死後、宿奈麻呂に嫁し、その間の坂上大嬢《おおいらつめ》は後に家持の正妻となっている。坂上郎女は家持の和歌を指導し、彼の作歌生活に影響を与えた優れた万葉女流歌人であった。
柳が詠まれたこの歌は、おそらくその住居近くで、平城京を貫流する佐保川の柳の芽立ちを見てのものだろう。ねこ柳や蕗の薹の写真や文が春の風物詩として新聞の文芸欄に登場するのも早春のころである。

柳といえば小学生のころ、「柳の枝に飛びつく蛙」と譬えは悪いが花札のなかにもある小野《おのの》道風《とうふう》（参議小野篁《おののたかむら》の孫）の挿絵を、修身か国語の教科書で見た幼い日の記憶がある。「やなぎ」の種類のなかで、葉が下に垂れるのは、いわゆる「しだれ柳」（青柳）で、「ねこ柳」（川楊）の葉は上向きである。『万葉集』では、それらは「柳」と「楊」とに区別して記されている。

浅緑《あさみどり》染《そ》め掛《か》けたりと見《み》るまでに春の柳《やなぎ》は萌《も》えにけるかも（巻十・一八四七）
山の際《ま》に雪は降りつつしかすがにこの川柳《かはやぎ》は萌《も》えにけるかも（巻十・一八四八）

久留米が空襲を受けた昭和二十年八月十一日の昼下がり、私たちは耳納山麓の筑後草野に分散疎開していた動員先の被服廠にいた。その日の空爆で久留米大分線が不通となったため、我々は軍用トラックで久留米の五穀神社辺りまで送られた。

だが、そこから一人で鳥栖までどの道を辿ったかは未だに思い出せない。ただ、白昼の孤独、ひとっ子一人出会わない久留米から鳥栖までの広い水田のなかで、顔が見えるほどの低空で反転を繰り返しながら、久留米市内に向かって機銃掃射を繰り返すロッキードP38戦闘機は恐ろしかった。尿意を催しても立ち上がることが恐ろしく、溝近くに生えているねこ柳の葉蔭に頭を突っ込んで、黒煙の上がる久留米から早く遠ざかりたい一心だった。この日、鳥栖市真木にあった高射砲陣地などが破壊されていたことは全く知らないでいた。

身を隠すためのねこ柳の枝をしっかりと手に握りしめながら、やっと家に辿り着いた。そのときの母の安堵の表情は、昨年三十三回忌を終えた今も、しっかりと私の胸のなかに生き続けている。

（平成十四年十一月）

貌花（かほばな）……ヒルガオ科

萩《はぎ》の花尾花《おばな》葛花《くずばな》なでしこが花をみなへしまた藤袴《ふじはかま》朝顔《あさがほ》が花（巻八・一五三八）

秋の七草が詠まれた山上憶良の歌の「あさがほ」は桔梗のことらしい。今、私たちがよく見かける朝顔は万葉以後の外来種だから、その時代には本邦にはまだ存在しなかったというのも一つの根拠とされる。一方、昼顔は朝顔と同じヒルガオ科だから、多年草で、「かほばな」（容花、貌花、可保波奈）として詠まれた四首が『万葉集』に収められている。

従来、麻酔学者の間では、一八四六年、モルトンがエーテルを用いて手術を行い、これが全身麻酔の濫觴《らんしょう》とされてきた。ところが、紀州の医者・華岡青洲《はなおかせいしゅう》は、それに先立つこと四十年の一八〇五年に既に全身麻酔で乳癌の手術を行い、その数は百五十余名に及んでいた。この事実は世界の麻酔学者を驚かせた。

この全身麻酔薬「通仙散《つうせんさん》」は主生薬、朝鮮アサガオに数種の生薬を配合したもので、主成分は今日のアトロピンなどである。ちなみにこの通仙散には、トリカブト（附子）も含まれている。

青洲が実用に供するまでの人体実験の、母と妻の間の物語は、有吉佐和子さんの著書『華岡青洲の妻』（新潮社）に詳しい。また青洲の偉業にちなみ、日本麻酔学会のシンボルマークには朝鮮アサガオが配されている。

青洲が用いた朝鮮アサガオは曼陀羅華ともいわれ、江戸時代に移入された薬草園で栽培された一年草らしい。私は見たこともないものだったが、なぜか昼顔が朝鮮アサガオの一種だと思い込んでいた。

ある筍の季節に、筍と牛蒡《ごぼう》を食べた後、様子がおかしくなったと一家三人が救急車で搬送されてきた。

目が霞み、顔がほてり、動悸と喉の乾きなど、前記のアトロピンの中毒症状によく似ていて、食べたものとアトロピンとの関連が不明のため、保健所に通報した。残っていた牛蒡らしいものが分析され、やはりアトロピンが抽出されたとの報告があった。でも牛蒡にも筍にもアトロピンが含まれているとは聞いたことはなかった。

たまたまその奥さんの証言から、数年前に栽培したという朝鮮アサガオ（多年生の一種のケチョウセンアサガオ）の根と、土中に保存した牛蒡を間違えたための騒動だったと、県の薬業指導所での結論となった。

昼顔（ひるがお）（写真提供：橋本瑞夫氏『季寄せ花模様』海鳥社刊より）

しかし、この時点でも昼顔と朝鮮アサガオを混同して理解していた私は、昼顔の根は牛蒡に似てアトロピンを含むものと早合点し、鵜呑みのまま、看護学校の麻酔学の時間にこのことを紹介した。その後、例の薬業指導所長さんから改めて朝鮮アサガオはナス科、昼顔はヒルガオ科に属し、全く異なるもので、前者だけしかアトロピンは含まないとのご教示を受け、うろ覚えの早とちりに臍《ほぞ》を噛む思いであった。

高円の野辺《のへ》のかほ花面影《ばなおもかげ》に見えつつ妹《いも》は忘れかねつも（巻八・一六三〇）

このように『万葉集』では、「かほばな」は美しい野の花とされている。美しいか否かはさておき、夏には草叢のなかに爪立つようにして精一杯蔓を伸ばし、次々と淡紅色の花を咲かせる、一見か弱そうな昼顔のしたたかな生きざまを見て立ち止まるとき、同時に早とちりの苦々しい思いもまた甦るのである。

（平成四年九月）

李（すもも）……バラ科

『万葉集』巻十九の二首に、大伴家持の歌がある。

我《わ》が園《その》の李《すもも》の花か庭《には》に散《ち》るはだれのいまだ残りたるかも（巻十九・四一四〇）

「はだれ」は「うっすらと降り置いた雪や霜」の意である。

この歌の題詞には「天平勝宝二年三月一日の暮に、春苑の桃李《たうり》の花を眺矚《てうしよく》して作る歌」とある。一首目に「桃の花」、二首目に「李の花」が詠まれている。

確か子どものころ、方言で「はらんきゅ」と言っていた「すもも（李）の実」については、中学時代の忘れ難い思い出がある。

「はらんきゅば食べちゃでけんぞ」

両親から口にすることを強く戒められていた果物がこの「李《すもも》」であった。

中学在学中に頓死した長兄は、病に倒れる前にこの果物を食べていた。それ以来、我が家では弟妹たちにとってすももは禁断の木の実となった。にもかかわらず、初夏の実の熟するころの甘酸っぱい香りや、果肉の色合いはとても魅惑的なものであった。

「いつかは、隠れてでも食べてやろう」

いつのころからか、私は密かにそう思い始めていた。

旧制の中学に進み、国語の宿題で四字熟語を調べさせられた。「馬耳東風」、「隔靴掻痒」、「羊頭狗肉」などと共に、「瓜田李下《かでんりか》」（「瓜田《かでん》の覆《くつ》、李下《りか》の冠《かんむり》」）も含まれていた。辞書は「李」が「すもも」であり「あらぬ疑いを受けやすい行いはしないほうが良い」との譬えであることを教えてくれた。

終戦間近の七月から、中学二年の私たちにも陸軍の被服廠への出動が命じられた。地方に分散疎開していた被服廠は筑後川沿いの耳納山麓に在ったが、そこ筑紫野平野は、古くから果樹の多い農村として知られていた。そして、我々の集合・待機の場所には集落の神社が定められていた。ある日、偶然にも私は、山道を隔てた民家の垣根越しに枝を伸ばした果樹を見つけた。

梢には色づきかけたすももが姿を見せていた。

「しめた」、内心密かに私はほくそ笑んだ。

数日後、責任者の見習士官は、私たちに陸軍軍属として誓紙への署名と母指の押印をさせた後、軍属としての自覚と責任ある行動を求めた。

「ここは果樹園なども多い。くれぐれも果物荒らしなどの疑いを持たれるような行動のないように。違反者は憲兵隊に通報する」

胸の内を見透かされたような訓示は、私の抱く陰謀を見事に打ち砕いてしまった。

こうして、「瓜田李下」の教えは終戦の日まで守り続けられた。

それから半世紀以上の月日が経っている。予防注射の帰り道ですももの花を見て懐かしくそのことを思い出していた。


（平成十一年二月）

蕨（わらび）……ウラボシ科

子どもたちがまだ幼かったころ、節分の夜に「豆撒きの鬼」にさせられ庭に追われたことがあった。そのとき庭の隅で蕗の薹を見つけたことがある。

蕗の薹といえば、残雪のある姫路城内で、ひさしぶりに戦場から帰還する秀吉のご馳走にと、蕗の薹を探す大政所と妻のねねの出てくる『太閤記』の一場面をなぜかよく覚えている。

蕗の薹やねこ柳が「早春賦」と称して写真や文章が新聞に掲載されるのは立春のころである。やがて春分の日を境にして季の移ろいの気配も慌ただしいものとなってくる。

皇族歌人、志貴皇子の待ちかねた春をよろこび詠まれた歌。

石走《いはばし》る垂水《たるみ》の上のさわらびの萌《も》え出《い》づる春になりにけるかも（巻八・一四一八）

（岩の上をほとばしり流れる、垂水のほとりのさわらびが、萌え出る春になったなあ）

蕨（わらび）

野や山で冬枯れの茎や根元で春を待ちながら、逼塞し続けた土筆《つくし》や蕨などの微かな命の芽が、あるときを契機に造形の主の啓示であったかのように一斉に頭を擡《もた》げ始める。このころの自然の生命力の躍動感に溢れた力強さを見ていると、私にはあたかも赤ちゃん誕生のときのような感動を覚えずにはいられない。その季節ともなれば未だ充分にその感動を覚えさせてくれる自然が、郷土鳥栖には残されていることが嬉しい。

有名な持統天皇の御製歌と、志貴皇子の喜びの歌は、個性的な季の移ろいの表現として優れたものとして双璧を成すものといわれる。

春過《はるす》ぎて夏来《なつきた》るらし白《しろ》たへの衣《ころも》干したり天《あめ》の香具山《かぐやま》（巻一・二八）

（春が過ぎて夏が来たらしい。真っ白な衣が天の香具山に干してある）

蕨について、発癌物質を含むものとして新聞を賑わせた時期があったが、やはり旬のものとして愛好者も多い。

また、この根から作られる「わらび餅」（半透明のゼリー状のものにきな粉をまぶし、黒糖の蜜をかけたもの）も独特の風味で忘れ難い。そしてそれはなぜか、鄙びた茶店でよく見かけるもののように思っているが……。

大学時代の学友F君はこの「わらび餅」ファンの一人だった。古代史に堪能だった彼は古寺や古跡巡りが好きで、私もよく随行させられた。そんなとき、彼は目敏く「わらび餅」のある茶店を見つけては、早速それを注文していた。そのせいではあるまいが、十数年も前に肝臓癌で急逝してしまった。

志貴皇子の歌、古寺・古跡巡りが好きだったF君の好物「わらび餅」、いずれも「蕨」にかかわるものであった。

万葉のなかでも私の大好きな「よろこびの歌」の作者、志貴皇子所縁の白毫寺を訪ねたことがあった。その帰途、雨宿りもかねて寺から程近い新薬師寺門前の茶店に立ち寄った。その店のメニューに「わらび餅」があるのを見つけた私は、咄嗟にそれを注文していた。

注文の品が運ばれてきたとき、ときを超えてF君の浅黒い面影が甦っていた。戦後、高校野球が復活して間もないころ、名投手・福島を擁して全国制覇を成し遂げた小倉高校野球部に属していたと語っていた彼だった……。


（平成九年一月）

壱師（いちし、ひがんばな）……ヒガンバナ科

伊勢名物の「赤福」は有名だが、この辺りでは「綾部のぼたもち」ファンも多い。綾部神社の門前の茶店で、秋の彼岸の中日に出されていたこの「餅」は、未だに衰えぬ人気のあるもので、毎日その老舗に買い出しに訪れる人が絶えない。いつか「萩《はぎ》の咲く秋の彼岸に作られるものを『おはぎ』、牡丹《ぼたん》の咲く春のそれを『ぼた（ん）餅』という」と聞いた覚えがあった。な

ぜか綾部のそれは秋祭りに出されるものも「ぼたもち」と親しまれてきた。

戦前、田舎の子どもたちには遠足や運動会、そして村祭り以外にはさしたる楽しい催しはなかった。鳥栖の隣町、中原の綾部神社の秋祭りは、今の勤労感謝の日（秋季皇霊祭）にあたり、休日の一日をそこへ連れて行ってもらって過ごすのが楽しみであった。

近所の親しい家族同士が連れ立って、そこへ出かけた。父親たちはそこでの酒盛りを、また女子どもたちは例の「ぼたもち」にありつくことを期待していたものだった。

その道程の道幅は、馬車がすれ違うのがやっとぐらいもので、当然土の道。途中では畔道を辿ることもあったが、子どもたちにはそれも結構楽しいものであった。稲穂が首を垂れ、黄金色に色づきはじめる道の畔には、彼岸花が咲き並んでいた。せっかく咲き揃ったその花を竹の棒などで刈り倒し、小躍りしながら友達と前後して歩いたものであった。


最近、棚田が脚光を浴び、それを作った先人たちの工夫と努力が見直されている。そしてその畔に彼岸花が咲くころともなると、棚田を持つ町村では「棚田祭り」などと称されるイベントが催されるようになっている。

ＮＨＫで朝の連続テレビ小説「あすか」が放映されてから、明日香を訪れる人が増加しているらしいが、飛鳥川上流にある棚田はその川の両岸に広がっている。秋の彼岸近くなると辺りの川辺や棚田の畦一面に真っ赤な彼岸花が彩りを添える。

彼岸花（ひがんばな）

別に明日香でなくとも、彼岸花の風情が変わるものでもないが、なぜか私はここの彼岸花にこだわり続けている。

道の辺《へ》のいちしの花のいちしろく人皆知《ひとみなし》りぬ
我《あ》が恋妻《こひづま》は（巻十一・二四八〇）

彼岸花（いちし）が詠まれた唯一の歌である。

明日香は「魔性の棲むところ」、そしてまた「想像の古京」とも呼ばれる。古代へのロマンは、再建されていない幻の古京の情景を勝手に想像できることが楽しいのである。

飛鳥川上流の稲渕の集落にあったといわれる南《みなみ》淵請安《ぶちしようあん》の学堂へ通ったであろう、中大兄皇子や中臣鎌足《なかとみのかまたり》も、また数多く吉野へ行幸された持統女帝や随行したであろう柿本人麻呂も、ここ稲淵の棚田に広がる壱師の花の彩りを見たに違いないなどと勝手に想像できることが、私のこだわりの理由ではないかと思っている。

明日香の棚田の畦道にカメラの放列が並ぶころ、来年もまた必ず私はそこに立っているに違いない。


（平成十三年六月）

枳（からたち）……ミカン科

鋭い棘の根元に白い五弁の花を咲かせる「からたち」の花は、ほかの柑橘類のそれより薄くて細長く、弱々しい感じのものである。

この季節になると、ローカル放送が「柳川の川下りの水濠のほとりのからたちに花が咲いた」などと報じる。「柳川」と「からたち」が短絡的に結びつくのは、北原白秋の「からたちの花が咲いたよ　白い白い花が咲いたよ――」の歌詞があまりにも有名で、白秋の生家のある柳川が連想されるためであろう。

「中国原産の植物で茎に鋭い棘があって簡単に入り込めないので、古くから生け垣として利用されている」とあるように、腕白坊主たちの闖入《ちんにゅう》防止のため、私たちが通った旧田代小学校の運動場と隣家の畑の間に植えられていたような記憶がある。しかし最近では、この生け垣はほとんど見られなくなった。

枳（からたち）

蜜柑栽培農家の人が、「近くに酸味を強くしたり、種が多くなる原因となるような花をつけるものがあれば、それらは切り倒します。そうして味を良くし、種の少ない蜜柑に仕上げる努力をしています」と語っていたのを聞いたことがある。からたちもそんな事情から排除されたものであろうか。

河内から大峠越えで那珂川町の方へ少し下ったところの道路沿いに、十七、八本続く「からたち」の生垣がある。数年前、偶然にそれを見つけ、写真撮影に出かけたことがある。

からたちの茨《うばら》刈《か》り除《そ》け倉《くら》建てむ屎遠《くそとほ》くまれ櫛《くし》
造《つく》る刀自《とじ》（巻十六・三八三二）

（からたちのいばらを刈り除いて、倉を立てるのだ。糞はむこうにいってせい。櫛造りのおばちゃんよ……）

忌部首(いみべのおびと)の一首である。からたちが詠まれた万葉歌はこれだけだが、必ずしも上品なものではないのが面白い。

余談だが、私は「小便まる」というのは、てっきり私の住むこの地方の方言だとばかり思っていた。ところが、この歌に「屎遠くまれ」とあり、「まる」が「放る」、すなわち「小便まる」は方言ではなく、立派に「放尿する」の意味で通用することを初めて知った。

この歌から、からたちは万葉時代にも家の周りに植えられていたものだったのであろうことが推測される。

数年前、奈良の佐保路を散策していたとき、法華寺の白い築地塀の外側に、さらにからたちの生垣が百メートル近く続いていたのが印象的であった。

法華寺は、平城京にあった藤原不比等の邸宅に、娘の安宿姫（光明皇后）が母の橘三千代のために創建し、「総国分尼寺」ともなった尼寺である。

もっとも、この寺のからたちの生垣が創建の奈良時代からのものとは思わない。母の「県《あがた》犬養《いぬかい》橘三千代」の姓の一字「橘」は後に賜姓されたものである。「からたち」すなわち「唐橘」の「橘」が何かしらそんなことにかかわりのあるものとして、後世の人たちがからたちの生垣を作ったのだろうと考えながら、おりからの小雨に濡れる白い花に目を落としていた。

（平成十一年七月）

奈良、飛鳥に魅せられて

三笠の山に出でし月かも

このところ、五月の連休には大和路を訪ねることが私の楽しみとなっている。

平成十年、「天理市柳本にある黒塚古墳から古代の銅鏡三十四枚が出土」、「キトラ古墳玄室の東西及び北壁に青龍・白虎・玄武を示すと思われる壁画がファイバースコープで発見された」、「百済大寺のものと思われる金堂の側に九重塔の基壇らしいものが発掘された」などの新聞記事は私の心を揺さぶり続けていた。

今回は四月中旬から公開されている、復元された「平城宮朱雀門」や「東院庭園」を最初に訪れることにした。


天《あま》のはら振《ふ》りさけみれば春日《かすが》なる三笠《みかさ》の山に出でし月かも　阿倍仲麻呂

東に三笠山が望まれる平城京への遷都は、元明帝の和銅三（七一〇）年である。

養老元（七一七）年の第八次遣唐使のメンバーに選ばれ、入唐した阿部仲麻呂はその後、唐朝に仕え玄宗皇帝に愛され、重用された。

「朝衡《ちょうこう》」と唐式に改名した彼は、天平勝宝五（七五三）年、「鑑真和上《がんじんわじょう》」の本邦渡来の際、玄宗皇帝からようやく一時帰国の許可を得て遣唐使船の第一船に乗船していた。遣唐大使の藤原清河も一緒であった。「鑑真和上」は第二船で向かい、これは難破を免れたが、仲麻呂らは難破しベトナムに漂着し、再び長安に戻り帰国の望みを捨て、その地で生涯を終えている。この歌は遷都間もない平城京から入唐した彼が故郷・奈良の月に思いを馳せて、蘇州で詠まれた歌といわれる。

繰り返し三笠の山に月は出でても、異郷・唐の地で果て、再びその月を眺めることもできなかった有意の遣唐使も多かったことだろう。

天平十八年の正月、平城京は大雪に見舞われている。左大臣・橘諸兄《たちばなのもろえ》以下の諸卿が元正太上天皇の御在所に参上した際、「汝《いまし》ら諸王卿《しよわうきやう》たち、聊《いささ》かにこの雪を賦《ふ》して、各《おのもおのも》歌を奏せよ」の勅に応えた歌。

新《あら》しき年の初めに豊《とよ》の稔《とし》しるすとならし雪の降れるは（巻十七・三九二五）
大宮《おほみや》の内にも外《と》にも光るまで降らす白雪《しらゆき》見れど飽《あ》かぬかも（巻十七・三九二六）

二首目の作者は大伴家持であるが、いわゆる卿ではない。諸兄の舎人《とねり》としてこの席に連なっていたのだろう。

私が雪の日の平城京で詠まれたこれらの歌を強く意識しているのは、数年前、長屋王夫妻、元明、元正、聖武天皇陵を訪ねた日も奈良地方では十数年振りの大雪の日だったためであろうか。

奈良遷都以来、千二百数十年、平城宮朱雀門や東院庭園が復元された。続いて大極殿の復元も始められている。部分的ではあるが復元された平城宮は、絢爛たる古《いにしえ》を想像させるに充分なものであった。

あをによし奈良の都は咲く花の薫《にほ》ふがごとく今盛《さか》りなり（巻三・三二八）

采女祭り

奈良を巡る人たちが好んでカメラに収める場所の一つに猿沢の池がある。池の周りには柳の並木があり、それらを含めた興福寺の五重の塔にレンズが向けられる。

この池の西北の隅の、池を巡る道を隔てたところに小さな祠がある。意外に気づく人は少ないが、鳥居を背にした後ろ向きの珍しい神社である。采女《うねめ》神社と呼ばれる。

「奈良時代に帝に仕えていた采女が、帝の寵愛が衰えたのを嘆き、池畔の柳に衣をかけ入水自殺したので、霊を慰めるため社が建てられた。だが采女が身を投じた池を見るに忍びないと、一夜のうちに後ろ向きになった」との言い伝えがある。

古代、天皇の妻妾について、皇后、妃、夫人、嬪《ひん》の区別があり、妃以上は皇族、以下は臣下であった。采女とは、その後宮に仕える女官で、当時の地方豪族たちから、中央王権への服属の意味で、天皇に貢上する義務があった娘や姉妹たちである。

氏女《うじめ》貢上の詔には、「諸代、女人を貢れ」、「皆年三十以下十三以上を限れ」、「女の形容端正なる者を貢れ」などと記されており、容姿端麗な十三歳以上三十歳未満の女性の貢上を求めている。もちろん、ほかの男性との恋愛は強く禁じたものである。

猿沢池と興福寺五重塔（奈良市登大路町）

いわば、「貢納物」だった采女が天皇の寵を得て、皇子を産んだとしても、母の出自から、天智天皇の大友皇子がそうであったように、また天武天皇の長男・高市皇子も母の身分から、皇位継承順位では劣った立場であった。

明日香の甘樫丘には、万葉学者・犬養孝先生揮毫になる采女を詠んだ

猿沢池のそばにある采女神社（奈良市樽井町）

万葉歌碑がある。

明日香宮《あすかのみや》より藤原宮《ふじはらのみや》に遷居《うつ》りし後に、志貴皇子の作らす歌

采女《うねめ》の袖《そで》吹き返す明日香《あすか》風《かぜ》京《みやこ》を遠みいたづらに吹く

（巻一・五一）

元来、哀しい運命《さだめ》の采女だが、この歌からは高松塚玄室に描かれた女人のきらびやかな姿が連想される。ちなみに、作者・志貴皇子の母もまた、身分は采女であった。

内大臣《うちのおほまへつきみ》藤原卿《ふぢはらのまへつきみ》、采女《うねめ》の安見児《やすみこ》を娶《ま》く時に作る歌一首

我《われ》はもや安見児《やすみこ》得たり皆人の得かてにすといふ安見児得たり（巻二・九五）

藤原鎌足が「安見児」という采女を天智天皇から下賜されて喜ぶ歌である。若くて美貌の乙女でも、本人の意思などは全く顧みられることもなく、ときには臣下に下賜されていたのであ

る。そこには古代の采女たちが孤独に耐え、哀しい運命に従ってきた姿があった。

また、柿本人麻呂が詠んだ歌のなかに、吉備津の采女が入水自殺したときの長歌と短歌二首がある。恋も許されぬ若さ輝く美女の采女が、禁制を破ったその性に哀れを覚えたのだろうか。短歌の一首にはつぎの歌がある。

志貴皇子の歌碑（奈良県・飛鳥歴史公園甘堅丘地区）

楽浪《ささなみ》の志賀津《しがつ》の児《こ》らが罷《まか》り道《ぢ》の川瀬《かはせ》の道を見ればさぶしも（巻二・二一八）

さて、中秋名月の日、猿沢池に雅楽と共に龍頭船が照らし出される。秋の草花で飾った大きな花扇を背にした采女や、十二単衣の花扇使《けせんのつかい》が乗っているはずである。いつか垣間見た華麗な王朝絵巻。これが「采女祭り」である。

青丹よし

近年復元された平城宮朱雀門の門柱は、昔ながらの手斧《ちような》や鑓鉋《やりがんな》で削られたものであった。そして、木造の部分は朱塗り、漆喰の白、屋根は青緑の瓦で葺かれている。

古代に天然の朱として珍重されたものが「辰砂《しんしゃ》」で、化学的成分は硫化第二水銀である。余談ながら、かつて外科の分野で「赤チンキ」として用いられていた「マーキュロクローム」も水銀製剤であった。

朱は神社の鳥居などに塗られ、魔除けとして古代から黄金以上に珍重されてきたものである。飛鳥時代以前から、古墳や石棺の内壁に朱を塗って荘厳し、聖なる場所を示し聖域の印とした。被葬者は分かっていないが、藤木古墳や高松塚古墳など、高貴な身分の人たちと想像される被葬者の石棺の内壁が朱塗りであったことは記憶に新しい。

この辰砂の鉱脈が、飛鳥に隣接する三輪、初瀬から宇陀地方に多く存在したことが、辺鄙《へんぴ》な飛鳥に宮都が置かれた理由のひとつであろうとする説がある。

桜井市にある「ペンション・サンチェリー」に宿泊したとき、郷土史に堪能なオーナーが「磐余の歴史」を語ってくれた。宇陀で拾った赤い辰砂の鉱石を示しながら、三輪山中に朱を運搬するための山道があること、そしてこれこそ山の辺の道だと教えてもらった。

あをによし奈良の都にたなびける天《あま》の白雲《しらくも》見れど飽《あ》かぬかも（巻十五・三六〇二）

「青丹よし」が「奈良」の枕詞であることはご存じの通り。青と丹、つまり青と朱の二色のこととなる。これと白雲の対比が詠まれている。

古代の日本寺院も朱と青に彩られ、青もまた聖なる色彩とされていた。

復元された平城宮朱雀門（奈良市佐紀町）

古代中国では青が青龍、丹（朱）は朱雀、白が白虎、黒が玄武を示し四神と称された。

高松塚古墳の壁画にこの四神図が描かれている。東・南・西・北の順に青龍・朱雀・白虎・玄武という方位神が描かれていると思われるが、南面は盗掘孔で破壊されている。この四神が被葬者を守ってくれると信じられていた。都も、「この四神に守られてこそ平安」という思想が中国から伝わっていた。

長安に模した都城建設を願いながら果たせなかった天武天皇の志を継いで、持統女帝が藤原京を完成させる。遁甲や占星の術にも長じた天武は当然、四方神にもこだわっていたことであろう。

その十六年後、和銅三年には、平城京への遷都となるが、その規模は一段と拡張される。

大極殿に南面して南大門（朱雀門）という方位は変わらず、藤原京を北の奈良に平行移動させたようなものであった。

青や丹（朱）に彩られた宮殿や門、垣塀や築地塀に囲まれた庭園や建造物、艶やかな裳を翻す女官など、絢爛豪華な都城の景観も、まさに大宰府にあって平城京をしのんで詠んだ大宰少弐・小野朝臣老《おののあそみのおみゆ》の歌に尽くされている。


あをによし奈良の都は咲く花の薫ふがごとく今盛《さか》りなり（巻三・三二八）

表面上贅を極めた平城京の時代であったが、その蔭で数多くの人間たちのどろどろとした権力闘争の時代でもあった。

平城山《ならやま》

平城山《ならやま》の「なら」にはいろいろの漢字が当てられる。「乃楽」「寧楽」「那羅」「平城」など。古くから、そこには「こなら」の木が多く「楢」がその起源ともいわれる。なるほど天理近くにある楢町に「楢神社」があり、その氏子に「なら」という姓が多いらしい。

奈良盆地と山城の国を隔てる奈良北部の丘陵が奈良山（平城山）と呼ばれる。その東の部分が佐保山《さほやま》、その西に佐紀山《さきやま》が連なる、奈良時代のいわゆる奥津城《おくつきじょう》の山でもある。平城宮の内裏跡のすぐ北にある平城天皇陵はさておき、元明、元正、孝謙（称徳）女帝、光明皇后、磐之媛《いわのひめ》

東院庭園（平城宮内）

（仁徳后）、日葉酢媛《ひばすひめ》（垂仁后）、またその存在は疑問視されるが神功皇后などの女帝や皇后の墳墓が多いところである。ちなみに、あまり信じられてはいないが、磐之媛皇后の歌が『万葉集』で最も古い歌とされている。

また、若い日の大伴家持が、みどり児を遺して死んだ愛妾を佐保山で火葬したときの煙に思いを寄せた挽歌がある。

昔こそ外《よそ》にも見しか我妹子《わぎもこ》が奥つきと思へば愛《は》しき佐保山（巻三・四七四）

（昔は気にも留めずにいたが、妻が眠る山と思うと愛おしい）

『日本書紀』に、物部氏の影媛《かげひめ》を巡って、武烈天皇と平群《へぐりの》鮪《しび》が争い、鮪は天皇の命を受けた大伴金村《かなむら》によって佐保山で殺される。鮪に思いを寄せていた影媛は石上からそこへ駆けつける。その様子がつぎのように記されている。

石上《いすのかみ》　布留《ふる》を過ぎて　薦枕《こもまくら》　高橋過ぎ　物多《ものさは》に　大宅《おほやけ》過

ぎ　春日《はるひ》の　春日《かすが》を過ぎ　妻籠る　小佐保《をさほ》を過ぎ　玉笥《たまけ》には　飯《いひ》さへ盛り　玉盌《もひ》に　水さへ盛り　泣きそぼち行くも　影媛《かげひめ》あはれ

天智六（六六七）年、帝は近江に遷都し、その隊列は飛鳥から大津に向かう。それが奈良山の辺りにかかって、住み慣れた飛鳥の地で朝な夕なに仰ぎ見た、三輪山への離別に未練の気持ちを込めた額田王の歌がある。

額田王、近江国《あふみのくに》に下《くだ》る時に作る歌、井戸王《ゐのへのおほきみ》の即ち和《こた》ふる歌
うまさけ　三輪《みわ》の山　あをによし　奈良の山の　山の際《ま》に　い隠《かく》るまで　道の隈《くま》　い積《つ》もるまでに　つばらにも　見つつ行かむを　しばしばも　見放《さ》けむ山を　心なく　雲の　隠さふべしや（巻一・一七）

反歌
三輪山《みわやま》を然《しか》も隠《かく》すか雲だにも心あらなも隠《かく》さふべしや（巻一・一八）

女帝や皇后たちの眠る奥津城の山、影媛伝説の山、そして額田王が住み慣れた飛鳥への別れを詠んだ平城山越えのこの地。なんとなく女の寂しさを感じる「平城山」で詠まれた歌がある。

人恋《こ》ふはかなしきものと平城山《ならやま》にもとほりきつつ堪《た》へがたかりき
古もつまに恋ひつつ越えしとふ平城山《ならやの》のみちに涙おとしぬ　北見志保子

大正末期に作られたこの歌には、平井康三郎によって哀愁切々たるメロディがつけられ、当時の女学生に愛好されていたものである。

あまり高くもないが、古代の女性たちにとってかかわり深い丘陵を、即位後も容易に越えられなかった継体天皇が、ようやく大和の地に宮殿を建てたのは、即位後二十年近くを経てからのことであったと言われる。

奈良山（平城山）はそんな歴史を見続けてきた山だったのである。

藤原鎌足と砒素

平成十（一九九八）年、和歌山でカレーに砒素《ひそ》を混入する事件が起きた。四人が死亡し、六十人にあまる人々が治療を受けたという事件である。最も毒性の強い砒素化合物「亜砒酸」が使われたらしい。この捜査の過程で、別件の保険金詐取とこの砒素中毒が人為的なものであるとの疑惑が生まれてきた。

邦光史郎さんの『飛鳥の謎』（祥伝社）のなかにつぎのような記載がある。

昭和九年に工事中、偶然見つかった、大阪府下の阿武山古墳から棺内に眠る豪華な被葬者が発見された。そしてその当時から、藤原鎌足の遺骸かと騒がれた。その被葬者を撮ったレントゲン写真が昭和五十七年に発見されて、再び話題を投げかけたことは記憶に新しい。そして更に京都大学に保存されていた毛髪から、毒素として有名な砒素が検出されたというのでその死因が物議を醸した。

砒素は当時、仙薬つまり不老長寿の薬として用いられていた。そこで、仙薬として服用を勧められた藤原鎌足が、実は徐々に衰弱し死亡するように企まれたものではないかと毒殺説が唱えられた。

さて、ここで被葬者が藤原鎌足と断定された理由は色々あったらしいが、ハイテク考古学の画像解析で大織冠《たいしょくかん》の金糸残欠などが確認されたためらしい。大化の改新で制定された最高位の大織冠を授与されたのは、帰国した百済王子・余豊璋《よほうしょう》を除けば、藤原鎌足唯一人だったからである。初め、後に孝徳天皇となる軽皇子への接触をはかった鎌足だったが、結局中大兄皇子に忠誠を誓った彼は、大化の改新（乙巳のクーデター）の後も中大兄皇子の股肱《ここう》の臣として、内大臣の地位にあって天皇を輔け、その死の前日、人臣最高の「大織冠」と「藤原」の姓を授けられている。
生前の天智天皇との緊密な関係を示すものとして、まだ皇子であったときに愛していた鏡王女を鎌足に下賜している。

内大臣《うちのおほまへつきみ》藤原卿《ふぢはらのまへつきみ》、鏡王女《かがみのおほきみ》を娉《よば》ふ時に、鏡王女、内大臣に贈る歌一首

玉くしげ覆《おほ》ふをやすみ明けていなば君が名はあれど我《わ》が名し惜《を》しも（巻二・九三）

多武峰談山神社拝殿（奈良県桜井市）

内大臣《うちのおほまへつきみ》藤原卿《ふぢはらのまへつきみ》、鏡王《かがみのおほ》女《きみ》に報《こた》へ贈る歌一首

玉くしげみもろの山のさな葛《かづら》さ寝《ね》ずは遂《つひ》にありかつましじ（巻二・九四）

鏡王女は後に藤原の家刀自《いえとじ》となった人である。
結局、鎌足の毒殺説については否定的な結論となった。砒素そのもの

談山神社にある檜皮葺の十三重塔

の少量服用で致死量に至るまでには、かなりの月日を要するもので、もし砒素で殺害を企てるなら大量を一時に与える必要があるからである。

一方、高貴な人の棺の内部に塗ってある朱には水銀のほかに少量の砒素が含まれており、それが長い年月の間に被葬者の毛髪に影響したものであろうという結論となったようである。

藤原鎌足を祭る談山《たんざん》神社は桜井市の多武峰《とうのみね》にある。「談山」即ち「中大兄皇子と藤原鎌足が蘇我入鹿《そがのいるか》誅殺を語り合った山」の下にある檜皮葺《ひわだぶき》の十三重塔は、鎌足の子の定慧《じょうえ》と不比等《ふひと》が、摂津（大阪府茨木市）の阿威山から鎌足の遺骸を移葬したものの上に建てたといわれている。だが、定慧は鎌足より先に死亡しているので定かではない。

礼拝殿の前には鎌足の歌碑があった。

内大臣藤原卿、采女《うねめ》の安見児《やすみこ》を娶《ま》く時に作る歌一首
我《われ》はもや安見児得《え》たり皆人《みなひと》の得かてにすといふ安見児得たり（巻二・九五）

ここ多武峰の錦秋の彩りは目を奪うものがある。

忍坂の地に眠る「鏡王女」

奈良県桜井市の三輪山を南から望む所に「忍坂《おしさか》」という集落があり、そこには舒明天皇の押《お》坂内陵《さかのうち》がある。そこにある石段の前の小川を少し溯ったせせらぎの側に、一つの万葉歌碑がひっそりと立っている。

秋山《あきやま》の木《こ》の下隠《したがく》り行く水の我こそ益《ま》さめ思ほすよりは（巻二・九二）
（秋山の木の葉の陰をひっそり流れる水のように、表には分からなくてもお慕いしています）

天皇（天智）、鏡王女に賜ふ御歌《みうた》一首
妹《いも》が家も継《つ》ぎて見ましを大和なる大島《おほしま》の嶺《ね》に家もあらましを（巻二・九一）

舒明天皇陵（奈良県桜井市）

前の一首は鏡王女の返歌である。

中大兄皇子が大化改新後、孝徳帝の皇太子として難波の宮にあったころ、寵愛していた鏡王女との間で交わされたものであろう。

鏡王女と額田王は鏡王の姉妹とするのが通説であるが、鏡王は地方豪族か皇族なのか詳らかではない。また、中大兄皇子が彼女を愛した経緯についても定かではない。

この万葉歌碑から見て、右手前方に鏡王女の墳墓が大きさこそ違え、舒明天皇の御陵に並ぶようにして見える。また、舒明天皇の母の陵墓もこの陵域内にある。

父の「押坂彦人大兄皇子《おしさかひこひとおおえのおうじ》」の「押坂《おしさか》（忍坂）」、「舒明天皇」の和風諡号「息長足日広額《おきながたらしひのひろぬか》」の「息長」から、「押坂（忍坂）」の地が「息長」系ファミリーと密接な関係があるといわれる。ちなみに押坂彦人大兄皇子の母も息長系の広姫《ひろひめ》である。

鏡王女と額田王は姉妹とする説には異説もあり、「鏡王女は舒明天皇の皇女」であるとする説は「鏡王女の墳墓が押坂内陵の陵域内にある」ことを根拠としている。もしも、そうであるなら鏡王女と中大兄皇子は異母兄弟ということになろうか……。

額田王は初め大海人皇子（天武天皇）との間に十市皇女を産んでいるが、その後、天智の後宮に入っている。

一方、鏡王女は初め中大兄皇子に愛され、後に藤原鎌足の嫡室となっている。

この二人の歌が『万葉集』に並べて収載されている。この間の事情を思いながら読んでみると趣深いものがある。

鏡王女忍坂墓（奈良県桜井市）

額田王、近江天皇を思《しの》ひて作る歌一首

君待《ま》つと我《あ》が恋《こ》ひ居《を》れば我が屋戸《やど》の簾《すだれ》動かし秋の風吹く（巻四・四八八）

鏡王女の作る歌一首

風《かぜ》をだに恋《こ》ふるはともし風をだに来《こ》むとし待たば何か嘆《なげ》かむ（巻四・四八九）

額田王が心弾《はず》ませながら近江天皇（天智天皇）の訪れを待っているのを、鏡王女のそれは、今や訪れてくる人もない身にとっては、訪れを待つことすら羨ましいと訴えているようである。

内　大　臣《うちのおほまへつきみ》藤原卿、鏡王女を娉《よば》ふ時に、鏡王女、内大臣に贈る歌一首

玉《たま》くしげ覆《おほ》ふをやすみ明《あ》けていなば君が名はあれど我が名し惜《を》しも（巻二・九三）

そこには、かつて皇太子に愛された女の矜《ほこ》りが感じられる。だが彼女は藤原の家刀自《いえとじ》として生涯を終えている。そして、鎌足が山科《やましな》で病に伏したとき、山階寺《やましなでら》を創建し病気平癒を祈っている。後に飛鳥の厩坂寺《うまさかてら》として移築され、平城京遷都に際し奈良の地に移されたのが、興福寺の濫觴《らんしょう》なのである。

斉明天皇の治政と有間皇子の変

平成十二年二月二十三日の新聞は、飛鳥の酒船石《さかふねいし》の近くの地表数メートルの下層から、亀形のボール状のものと、小判状の石が発掘されたことを報じていた。

発掘当初の亀形石（奈良県高市郡明日香村）

それは斉明朝のころの、禊などの水の祭祀場遺跡だろうとのことであった。斉明治政のころ、飛鳥板葺宮で出火があり、斉明天皇は飛鳥川対岸にある飛鳥川原宮に遷られる。

その後の「岡本宮の造営」については、『日本書紀』につぎの記載がある。

飛鳥の岡本（明日香村雷丘《いかずちのおか》あたり）にさらに宮地《みやところ》を定めた。（中略）名づけて後飛鳥岡本宮《のちのあすかのおかもとのみや》という。

多武峰《とうのみね》の頂上に、周りを取り巻く垣を築かれた。頂上の二本の槻《つき》の木のほとりに高殿を建てて名づけて、両槻宮《ふたつきのみや》といった。また天宮《あまつみや》ともいった。天皇は工事を好まれ、水工《みずたくみ》に溝を掘らせ、香久山の西から石上山《いそのかみのやま》にまで及んだ（「狂心渠《たぶれこころのみぞ》」）。舟二百隻に石上山の石を積み、流れに従って下り、宮の東の山に石を積み垣

（石山丘《いしのやまおか》）とした。時の人は謗《そし》って「たわむれ心の溝工事。むだな人夫を三万余。垣造りのむだ七万余。（後略）（『全現代語訳日本書紀　下』宇治谷孟、講談社）

亀形石の現地は「伝飛鳥板葺宮」の東の丘部にある酒船石の近くであった。その石の所在地の北の、落差六～七メートルの地表から、更に二メートル下層で亀形石と小判状の石が並んで発掘された。周囲には石段、石畳、石垣が広がり、その石は石上（天理市）周辺で採掘される石らしく、『日本書紀』の記載との符合は興味深いものがある。

斉明天皇の治政に関連して「有間皇子の変」が思い出される。

斉明天皇が中大兄皇子以下を引き連れて、紀の湯（白浜の湯）に行幸された。そしてその留守を守っていた蘇我赤兄《そがのあかえ》が有間皇子に「天皇の治政に三つの失政がある……」と「狂心渠《たぶれごころのみぞ》」や「石山丘《いしのやまおか》」などの土木工事での人民の疲弊などを告げた。

仕掛けられた陥穽とも知らず、皇子は「わが生涯で初めて兵を用いるべきときがきた」と答えてしまった。

有間皇子は先帝・孝徳の子で、斉明天皇の皇太子・中大兄皇子にとっては微妙な立場の人であった。逮捕され紀の湯に連行された有間皇子は、皇太子の糾問にも「天と赤兄のみ知る」とだけ答えて、藤白坂《ふぢしろのさか》で処刑された。

陥穽や讒訴《ざんそ》による処刑、それは中大兄皇子にとって対抗者排除の常套手段であったのだろうか。

有間皇子《ありまのみこ》、自ら傷《いた》みて松が枝《え》を結ぶ二首
磐代《いはしろ》の浜松が枝《え》を引き結びま幸《さき》くあらばまたかへり見む（巻二・一四一）
家にあれば笥《け》に盛る飯《いひ》を草枕旅にしあれば椎《しひ》の葉に盛《も》る（巻二・一四二）

更に悲劇の皇子を思って、後の人が詠んだ歌もいくつか見られる。「長忌寸奥麻呂《ながのいみきおきまろ》、結び松を見て哀《かな》しび咽《むせ》ふ歌二首」のうちの一首。

磐代《いはしろ》の崖《きし》の松が枝《え》結びけむ人はかへりてまた見けむかも（巻二・一四三）

山上臣憶良《やまのうへのおみおくら》の追和《ついわ》する歌一首
翼《つばさ》なすあり通《がよ》ひつつ見らめども人こそ知らね松は知るらむ（巻二・一四五）

私が、斉明天皇の宮殿のあった伝飛鳥板葺宮と亀形石辺りを訪れた日、飛鳥には前夜来の雪が残っていた。石舞台から稲淵を歩きながら、南淵山の残雪はつぎの歌を思い出させた。

御食向《みけむ》かふ南淵山《みなぶちやま》の巌《いはほ》には降りしはだれか消え残りたる（巻九・一七〇九）

ＮＨＫの朝の連続テレビ小説「あすか」で放映されたこの辺りの棚田には昔ながらの「稲小積」がみられた。かつては、それは佐賀平野の風物詩でもあったのだが……。

飛鳥古京に苑池が

西暦六四五年といえば古代史ファンは、すぐ大化の改新を連想されるだろう。『日本書紀』「皇極四年六月十二日の条」には、この日、飛鳥板葺宮の大極殿で蘇我入鹿が中大兄皇子らによって誅殺されたことが詳記されている。

平成十一年六月十五日、日刊紙の全てが、「飛鳥古京に苑池遺構」が発掘されたことを報じている。読売新聞には「よみがえる万葉の庭園」「酒船石のなぞ解明」として解説が加えられていた。

それは、奈良・大和に魅せられたものにとっては、心を揺さぶるに充分すぎるものであった。飛鳥古京、すなわち伝飛鳥板葺宮は複合遺跡で、上層遺構が飛鳥浄御原宮《きよみはらのみや》とされていることから、そのあたりに、この苑池遺構が発見されたのだろうと想像していた。とにかく、二十日の日曜日の日帰りキップを手配した。唯一心配だった天気も幸い回復してくれた。

当日はまず、明日香村小原にある「大織冠誕生旧跡」の石碑のある大原神社を訪ねた。天武天皇と藤原夫人の間で交わされた二首の歌碑があった。

天皇《すめらみこと》、藤原夫人《ふぢはらのぶにん》に賜ふ御歌《みうた》一首
我《わ》が里に大雪降れり大原《おほはら》の古《ふ》りにし里に降らまくは後《のち》(巻二・一〇三)

藤原夫人の和《こた》へ奉《まつ》る歌一首
我《わ》が岡の龗《おかみ》に言ひて降らしめし雪の摧《くだ》けしそこに散りけむ(巻二・一〇四)

(我が里に大雪が降った、大原などの古びた里に降るのは後だろう《さすがに私のいるところはたいしたものだろう》)
(私の住む岡の水の神に言いつけて降らせた雪のかけらが、そちらに降ったのでしょう《だのに先に降ったなどとおっしゃって得意になっていらして、まあおかしい》)

当意即妙の返歌がおもしろいが、直線距離にして一キロ足らずのところで詠み交わされたものだったのである。藤原夫人とは鎌足の息女・五百重媛《いおえのひめ》のことであり、天武天皇との間に新田部皇子をもうけている。

すぐ近くにある、子育てと結縁の神社「飛鳥座神社」に立ち寄る。早春のころ、「子作り」の所作を模した神楽が行われる所である。

すぐ近くに、雷丘《いかづちのおか》が望まれ、ここにも飛鳥浄御原宮跡とされるところがある。

ここに大伴御行《みゆき》の歌碑がある。壬申の乱の戦功で復権した大伴氏の御行が詠んだものである。

「壬申《じんしん》の年の乱の平定《しづ》まりにし以後《のち》の歌二首」のうちの一首。


大君《おほきみ》は神にしませば赤駒《あかごま》の腹這《はらば》ふ田居《たゐ》を都《みやこ》と成しつ（巻二十・四二六〇）

（低湿の原野でも大君は神様だから都にしてしまわれた）


天武天皇賛美の歌である。

酒船石は小高い丘の竹藪のなかにある。ここには、今回発見された池に注水するための石像物があり、その分水のために酒船石が利用されたのではないかとする説がある。酒船石の実物は未だ、飛鳥資料館の庭にあるレプリカしか見ていなかったこともあり、そこを訪ねた。

すぐ西側にある伝飛鳥板葺宮（飛鳥浄御原宮）で苑池遺構の現地説明会の資料を受けとる。

飛鳥川の下流に向かって右岸の低地にその遺構があった。まだ、その全貌は明らかではないが、池底には小石が敷き詰められ、石積みの島があった。二個の石像物の一つには水平方向に穴を貫通させ、ほかの一つを組み合わせて段丘崖《だんきゆうがい》を利用した注水装置となっていた。池の岸辺には観楼跡を思わせる遺構もあった。

十三、四世紀を遡って観楼から北を望むと、甘樫丘と飛鳥座神社の森の間に、遙かに大和三山、近くには法興寺（飛鳥寺）の塔や伽藍が見えたに違いない。
そんな所で降った雪を喜んで、天武天皇が飛鳥座神社の森付近（明日香村小原）に住む藤原夫人と交わした歌は冒頭に記した。余談だが、この藤原夫人は天武天皇崩御の後、異母兄・藤原不比等に嫁して藤原四兄弟の末弟・麻呂を産んでいる。

この日は、ついでにこの古京の主、皇極（斉明）女帝と天武、持統合葬陵を巡って旅を終えた。

二上山

山そのものが大神神社の御神体とされる神奈備《かんなび》の三輪山から昇った太陽は、春秋の彼岸の中日には、西の二上山の雌岳と雄岳の間の鞍部に沈むといわれる。そして、その神秘的な西陽を望みながら、人々は古くからその彼方に西方浄土があると信じて、この山も「霊山」と考えてきた。

二上山は河内と大和の間に葛城の山並みに連なる、二つの峰を持つ独特な形の山である。この山の高い方の雄岳に飛鳥から移葬された大津皇子の墓がある。

ここで、大津皇子が処刑された日から四半世紀を遡ってみよう。百済から救援の要請を受けた「倭」の救援軍は斉明七（六六一）年、老齢の斉明女帝自らも加わって難波を出発した。

額田王が女帝に代って詠んだとされる歌がある。

熟田津《にきたつ》に舟乗《ふなの》りせむと月待てば潮《しほ》もかなひぬ今は漕《こ》ぎ出でな（巻一・八）

一時停泊した松山から、再び船出する際の勇壮な、そして有名な歌である。

また、これ以前、西征の船団が「大伯の海」（岡山県邑久郡）にかかったとき、大田皇女が皇女を出産する。「大伯の海」に因んで大伯皇女と名づけられた。

筑紫の那の大津（博多）滞在中に大田皇女の同母妹、鸕野皇女（後の持統女帝）が草壁皇子を、前後して大田皇女も大津皇子を産んでいる。その名は「那の大津」の大津に由来したものであるという。これが後の悲劇の芽立ちであった。

近江に遷都した天智天皇が崩御され、天武元（六七二）年、壬申の乱で勝利した大海人皇子が即位して天武天皇となり、皇后には大津皇子にとって叔母にあたる鸕野皇女が即《つ》いた。本来なら同母姉の大田皇女が選ばれたであろう。だが大田皇女は幼い姉弟を残して早逝していた。

そして、未だ十三歳の大伯皇女は天武天皇によって伊勢神宮の斎宮として神に仕えさせられ

うねび山と二上山

る身となった。

父である天武天皇に似て、体格に恵まれ、豪放磊落な性格や、漢詩や和歌にも堪能な大津皇子は父に愛され、官人たちにも評判が良かった。

これらのことは、鸕野皇后には不安であり、実の子である草壁皇子の皇位継承を脅かす存在であった。

天武天皇の死後間もなく、大津皇子に謀反の心があるものとして逮捕・処刑させた。

大津皇子《おほつのみこ》、死を被《たまは》りし時に、磐余《いはれ》の池の堤にして涙を流して作らす歌一首
百伝《ももづた》ふ磐余《いはれ》の池に鳴く鴨《かも》を今日《けふ》のみ見てや雲隠《くもがく》りなむ（巻三・四一六）

処刑の現場に髪を振り乱し、素足で駆けつけた妃の山辺皇女《やまべのひめみこ》（天智の皇女）もその後を追っている。

大津皇子の謀反で伊勢の斎宮を解かれ、飛鳥に戻っ

た姉の大伯皇女はつぎの歌を詠んでいる。

神風《かむかぜ》の伊勢《いせ》の国にもあらましをなにしか来《き》けむ君もあらなくに（巻二・一六三）

見《み》まく欲《ほ》り我《あ》がする君もあらなくになにしか来《き》けむ馬疲《つか》らしに（巻二・一六四）

初めに大津皇子の遺骸の葬られた場所は詳らかではない。後にその死霊の祟りを恐れてか、浄土に近い二上山に移葬される。

大津皇子《おほつのみこ》の屍《かばね》を葛城《かづらき》の二上山《ふたがみやま》に移し葬《はぶ》る時に、大伯皇女《おほくのひめみこ》の哀傷《かなし》びて作らす歌二首

うつそみの人なる我《われ》や明日よりは二上山《ふたがみやま》を弟《いろせ》と我《あ》が見む（巻二・一六五）

磯《いそ》の上に生《お》ふるあしびを手折《たを》らめど見すべき君がありといはなくに（巻二・一六六）

これら四首のほかに、姉の大伯皇女を密かに訪ねたときの歌二首を合わせ、大伯皇女の六首が『万葉集』に収載されている。その全てが、大津皇子への切々たる肉親の情愛と権力者へ抗議を込めた絶唱のように思われる。「もしも母が健在だったら……」おそらく彼女の脳裏には、そんな思いが過ぎていったことであろう。

持統天皇となって藤原宮にあった鸕野皇女も、二上山を望むとき、大津皇子に対する内心忸

怩たる思いはなかったろうか……。
斎宮を退いた大伯皇女は独身のまま、この世を去っている。こんな薄幸な姉弟を、私に思い出させる二上山なのである。

草壁皇子の御陵はどこに

天武天皇と天智の皇女・鸕野皇女を父母に持つ草壁皇子は、皇儲候補としては抜群の地位にあった。彼の対立候補、持統の実姉・大田皇女の息男である大津皇子と比較すると、草壁皇子は線の細い、影の薄い存在であった。この草壁皇子が残した唯一の歌が、大津皇子の歌と並べて収載されている。

大津皇子、石川郎女《いしかはのいらつめ》に贈る御歌一首
あしひきの山のしづくに妹《いも》待《ま》つと我《われ》立ち濡《ぬ》れぬ山のしづくに（巻二・一〇七）
石川郎女の和《こた》へ奉《まつ》る歌一首
我《あ》を待つと君が濡《ぬ》れけむあしひきの山のしづくにならましものを（巻二・一〇八）

日並皇子尊《ひなみしのみこのみこと》、石川女郎に贈り賜ふ御歌《みうた》一首
大名児《おほなこ》を彼方野辺《おちかたのへ》に刈る草《かや》の束《つか》の間《あひだ》も我忘れめや（巻二・一一〇）

この日並皇子尊《ひなみしのみこのみこと》と呼ばれた草壁皇子の控えめな歌には、彼女からの返歌はない。実は、このころ密かに大津皇子は、この郎女に実力行使に及んでいたことが、巻二・一〇九の歌に詠まれていたことからも明らかである。

その題詞には「大津皇子が密かに石川郎女と関係を結んだときに、津守（港の警備や雑役に携わる者）がそのことを占い現したので皇子が作られた歌」とあり、「津守連《つもりのむらじ》の占いに、出るだろうとは百も承知で、我々は二人で寝たのだ」と詠んでいる。

この歌からは、蒲生野《がもうの》猟遊《りようゆう》のとき、すでに天智の後宮にあった額田王と当時の大海人皇子の間で交わされた歌が思い出される。

あかねさす紫草野《むらさきの》行き標野《しめの》行き野守《のもり》は見ずや君が袖振る（巻一・二〇）
紫草《むらさき》のにほへる妹《いも》を憎《にく》くあらば人妻《ひとづま》ゆゑに我《あれ》恋ひめやも（巻一・二一）

大胆な返歌は大海人皇子のものである。

偉丈夫の父に似たといわれる体格や積極的な性格からは大津皇子が連想される。一方、子の

岡宮天皇（草壁皇子）陵（奈良県高市郡）

文武、孫の聖武の病弱な体質は、若くして病死した草壁皇子を類推させることからも、この二人の皇子は対比される。

吉野に向かう近鉄の「飛鳥駅」辺りから「壺坂寺駅」に至る線路の右手に眞弓、佐田の丘陵が拡がる。ここに岡宮天皇《おかみやのすめらみこと》陵がある。

岡宮天皇とは、即位前に「島の宮」で急死した、日《ひ》並《なしの》皇《み》子尊《このみこと》・草壁皇子のことであり、奈良時代になって草壁皇子を追尊した称号である。「島の宮」とは、今の石舞台の近くの、草壁皇子の宮殿のことである。かつては「島の大臣」と称された蘇我馬子の旧邸であった。

草壁皇子が亡くなったとき柿本人麻呂の詠んだ挽歌や「皇子尊《みこのみこと》の島の宮の舎人等《とねりら》の慟《かな》しび傷《いた》みて作る歌二十三首」のなかには、主を失った「島の宮」、そして殯宮のあった「眞弓、佐田の岡」を詠んだものが多い。

岡宮天皇の西方には斉明天皇陵があり、そのすぐ側には大津皇子の母大田皇女の墳墓もある。これらの人たちはいわば天武ファミリーで、天武・持統合葬の檜隈大内陵《ひのくまのおおうち》から、さほど遠い距離ではない。藤原京朱雀大路の延長上に檜隈大内陵、高松塚古墳、文武天皇陵が並び、これを「聖なるライン」と称されていた。このため、玄室内壁に見事な壁画が発見されたとき、被葬者は草壁皇子ではないかとする説が出たらしい。また、岡宮天皇陵のすぐ近くにある束明神《つかみようじん》古墳も石槨の作りなどから、この被葬者も草壁皇子ではないかと考えられている。

文武天皇陵の南には、これも色彩壁画をもつキトラ古墳がある。果して草壁皇子の墳墓はどこなのだろうか？

妃である後の元明女帝が、藤原京から平城京へ移るときの、夫・草壁皇子をしのび残された歌がある。

飛《と》ぶ鳥の明日香《あすか》の里を置きて去《い》なば君があたりは見えずかもあらむ（巻一・七八）

猪養の岡の寒からまくに

天武天皇には十人の皇子と七人の皇女があったと『日本書紀』に記されている。最年長は額田王との間の十市皇女で、皇子のそれは、高市皇子といわれる。

但馬皇女と穂積皇子も十七人の皇子・女の一人であるが、十市皇女や高市皇子とはかなりの歳の隔たりがあった。

高市皇子は壬申の乱で、大海人皇子側の総師として活躍した。若いころの十市皇女との悲恋の万葉歌は有名だが、乱の後、元明女帝の実姉・御名部皇女《みなべのひめみこ》を正室に迎えている。持統女帝のときには、大政大臣に序せられ藤原京の造営に尽力し、遷都後の持統十（六九六）年、天の香具山北西の山麓にあった宮殿で薨去している。晩年になって妃に迎えた一人が歳若い但馬皇女だった。

但馬皇女は高市皇子の異母兄弟の一人である。母は藤原鎌足の息女の氷上娘《ひかみのいらつめ》で、その母を早く失い歳若くして、晩年の高市皇子に嫁す。

穂積皇子も天武天皇の第五皇子で、母は蘇我赤兄の娘。この皇子の宮殿も香具山北東の山麓にあったらしい。

さて、この但馬皇女が穂積皇子への積極的な思いを込めて詠まれた歌がある。

但馬皇女《たぢまのひめみこ》、高市皇子《たけちのみこ》の宮に在《いま》す時に、穂積皇子《ほづみのみこ》を思ひて作らす歌一首

秋の田の穂向《ほむ》きの寄れる片寄《かたよ》りに君に寄りなな言痛《こちた》くありとも（巻二・一一四）

（秋の田の稲穂がなびいている。噂はひどくとも、そのようにひたむきにあなたに寄り添い

たい。）

この題詞からも、この三人の皇子女の間はまさしく三角関係である。

但馬皇女、高市皇子の宮に在《いま》す時に、竊《ひそ》かに穂積皇子に接《あ》ひ、事既に形《あら》はれて作らす歌一首

人言《ひとごと》を繁《しげ》み言痛《こちた》み己《おの》が世にいまだ渡らぬ朝川《あさかは》渡る（巻二・一一六）

（人の噂のうるささに、今まで渡ったことのない朝の川を渡ることだ）

男が妻問うことはあっても、女が男の家を訪ねることのないこの時代に開き直っての、まさに朝帰りの但馬皇女の不倫宣言の歌といえよう。

香具山北側の東西の間にあったと思われる但馬皇女が渡った川は今までの考証では明らかではない。

この情熱的な但馬皇女も平城京遷都（和銅三年）以前の和銅元年に、母と同じように早逝している。

但馬皇女《たぢまのひめみこ》の薨《こう》じて後に、穂積皇子、冬の日雪の降るに、御墓《みはか》を遙かに望み、悲傷流涕《ひしやうりうてい》して作らす歌一首

降る雪はあはにな降《ふ》りそ吉隠《よなばり》の猪養《ゐかひ》の岡の寒からまくに（巻二・二〇三）

それは、香具山北麓にあった皇子の宮殿から初瀬の山峡の方向を見つめて詠まれたものだろう。

一度、吉隠の猪養の岡辺りを訪ねたが、地元の古代史好きのタクシー運転手にも但馬皇女の陵墓は分からなかった。

穂積皇子は、その後、大伴旅人の異母妹である大伴坂上郎女と結婚している。その年齢の差はあたかも高市皇子と但馬皇女のそれに似てかなりの開きがあった。しかし、この皇子も平城京遷都後五年で薨じている。

かくて三角関係の当事者たち全てが故人となり、古代版「失楽園」の舞台にも終幕が下ろされた。

常にもがもな常娘子にて　額田王の娘・十市皇女

熟田津《にきたつ》に舟乗《ふなの》りせむと月待てば潮《しほ》もかなひぬ今は漕ぎ出でな（巻一・八）

あかねさす紫草野《むらさきの》行き標野《しめの》行き野守《のもり》は見ずや君《きみ》が袖《そで》振る（巻一・二〇）

女流万葉歌人として有名な額田王についての歴史小説は、数多くの人々によって書かれている。それはその生涯について多くの人たちの興味をかきたたせるものがあるからだろう。

大海人皇子と額田王の間に出生した十市皇女は、天智天皇の長子である大友皇子に嫁した。大海人皇子は天智天皇のいまわの病床の枕頭で、出家修行を理由に、皇位継承を断り吉野に隠遁する。それはあくまで名目上の理由であり、天智天皇が崩御すると、その半年後には、大友皇子追討の軍を起こす。

壬申の乱である。僅か一カ月足らずで大海人皇子は近江朝廷軍を破り、再び飛鳥浄御原に遷都して皇位に即き、天武王朝が成立する。

この壬申の乱は十市皇女にとっては、父・大海人皇子と夫・大友皇子との骨肉の争いであった。このとき、母の額田王は大海人皇子のもとから天智天皇の後宮に去り、十市皇女の立場は父と夫いずれにつくかで揺れ動いたに違いない。

鮒のはらわたを出し焼いたもののなかに、吉野の父宛に大友の情報を託したとする説もあるが、既に大友との間に葛野王《かどのおう》をもうけていた母としての彼女の心は千々に乱れたことだろう。

有名な女流歌人を母に持つ十市皇女の詠んだ歌は何故か『万葉集』には一首も見られない。しかし、彼女にかかわる四首の歌が詠まれている。

河上《かはのへ》のゆつ岩群《いはむら》に草生《む》さず常にもがもな常娘子《とこをとめ》にて（巻一・二二）

壬申の乱後、飛鳥浄御原の宮殿にあった十市皇女が、後の元明天皇と共に伊勢参宮の際、随行した吹黄刀自《ふふきのとじ》が詠んだものという。一児の母ではあっても、いかにも楚々とした容姿であったのだろうか、十市皇女は「永遠に乙女のままであってほしい」、そしてまた「私もそうでありたい」と刀自は念じている。

その数年後、皇女は初瀬倉橋の斎宮に向かうその日、突然急死する。自殺ではないかと疑う説があるほどである。

密かに彼女を愛していた異母弟の高市皇子は、十市皇女について詠まれた歌四首のうち、十市皇女が急逝したときにつぎの三首を残している。

十市皇女《とをちのひめみこ》の薨《こう》ぜし時に、高市皇子尊の作らす歌三首
みもろの三輪《みわ》の神杉《かむすぎ》已具耳矣自得見監乍共寝《い》ねぬ夜ぞ多き（巻二・一五六）
三輪山《みわやま》の山辺《やまへ》ま麻木綿《そゆふ》短木綿《みじかゆふ》かくのみゆゑに長くと思ひき（巻二・一五七）
山吹《やまぶき》の立ちよそひたる山清水《やましみづ》汲《く》みに行かめど道の知らなく（巻二・一五八）

三首目の歌は「山吹が　咲きにおっている　山清水を　汲みに行きたいが　道が分からないことだ」（『完訳日本の古典　万葉集』小学館）であり、死後の世界を意味する「黄泉《よみ》」を山吹の「黄」と山清水の「泉」で表している。

山吹には面影草の異名があり、山吹の咲く水辺で、亡き人の面影を見ることができるという古代信仰を推測したものではないかという解釈もある。高市皇子の三首の歌からはその悲しみの深さがうかがわれる。なかんずく、三首目の歌が私の心を摑んで放さない。

南淵山と飛鳥川

標高五～六百メートル、談山神社のある多武峰（奈良県桜井市）の秋は美しい。紅葉が山を覆い、見事な彩りは思わず息を飲むほどである。何度か写真撮影のためそこに立った。一度だけ、そこから石舞台まで歩いたことがある。ところが、五キロの遊歩道とあった道程の林道部分はかなり急峻な坂道で、室生寺の五重の塔が破壊されたときの台風で荒らされたままの部分があった。

多武峰の南、冬野集落付近に源を発した冬野川は、多武峰の支峰・細川山からの流れも集めるため、細川とも呼ばれている。

ふさ手折《たを》り多武《たむ》の山霧《やまぎり》繁《しげ》みかも細川《ほそかは》の瀬に波の騒《さわ》ける（巻九・一七〇四）

（多武の山霧が深いからでしょうか、細川の瀬に波が騒いでおります）

林道を過ぎ細川沿いに、なだらかになった道を下りながら、色々と想像を巡らせる。

飛鳥川上流の石橋（とび石）

「談山で中大兄皇子と鎌足が、入鹿誅殺の密議をこらしたときこの道を通ったのだろうか」「黒岩重吾の蘇我入鹿を扱った歴史小説に出てくる冬野とはここだったのか……」などなど。周囲に棚田の広がる道や径を歩き続け、やっとの思いで石舞台に辿り着いた。予定より一時間遅れ、二時間半を要していた。

源流から北に向かって流れる飛鳥川に、東から流れてきた冬野川（細川）が合流する辺りに「島の庄」という集落がある。

推古天皇のころ、そこに「島の大臣」と呼ばれた蘇我馬子の邸宅があった。そこからは、島をもつ池のある庭苑遺構が発見された。その東の台地には、「馬子の桃原の墓」があるといわれていた。その「桃原」にあり封土を剝ぎとられていた石舞台が、昭和八（一九三三）年からの発掘調査で、最大級の玄室と墜道を持つ横穴式古墳であることが分かった。邸宅にも近く、これが馬子の墳墓と比定された。飛鳥を巡る人々がかならず訪れる場所である。

周囲の山々を総称して南淵山と呼ばれる、この辺りで詠まれた歌がある。

南淵《みなぶち》の細川山《ほそかはやま》に立つ檀弓《まゆみ》束《づか》巻くまで人に知らえじ（巻七・一三三〇）

御食向《みけむ》かふ南淵山《みなぶちやま》の巌《いはほ》には降りしはだれか消え残りたる（巻九・一七〇九）

石舞台から飛鳥川沿いに一〜二キロ遡ると稲淵の集落に至る。この辺りでは飛鳥川が詠まれたいくつかの万葉歌がある。

明日香川《あすかがは》明日《あす》も渡らむ石橋《いしばし》の遠き心は思ほえぬかも（巻十一・二七〇一）

明日香川川淀《かはよど》去《さ》らず立つ霧《きり》の思ひ過ぐべき恋にあらなくに（巻三・三二五）

この集落を貫通する道の側の高台に、南淵請安《みなみぶちしょうあん》の墓がある。

小野妹子に従って「隋」に渡り、「唐」の時代になって、その文化や知識を持ち帰った学者である。稲淵のそこに居を構え、私塾を開いたといわれる。石舞台からの一本道は、大化の改新の主役たち（中大兄、中臣鎌足、蘇我入鹿）が、共に唐の知識を教わるために通った径だったのだろう。

ここに来てみると、ふとそんな人たちの姿を見たような錯覚に陥ることがある。想像の古京、飛鳥の魅力である。

さて、当時トップの知識階級に育った蘇我入鹿は、和歌の一つか二つは詠んだに違いないと思われるが、逆賊の汚名を受けたせいか、蘇我宗家の人たちの歌は『万葉集』には見られない。もしも、蘇我入鹿のそれが『万葉集』に残されていたならば、この人の心情をうかがい得て、より身近に感じられるものがあったろう。

石舞台（奈良県・飛鳥歴史公園石舞台地区）

ともあれ、飛鳥川への斜面に広がる棚田は冬野川沿いのそれと同じで、今なお機械化されない稲作りが行われている。稲穂の揺れるころ、田の畔に咲く明日香の彼岸花を見たいという私のこだわりがある。

道の辺のいちしの花のいちしろく人皆知りぬ我《あ》が恋妻《こひづま》は
（巻十一・二四八〇）

み吉野の耳我の嶺に

古代は「吉野」といえば「花の吉野」より「水の吉野」、即ち、上流の吉野川とそこにある「宮瀧離宮《みやたきりきゅう》」のことであった。

出家と吉野での修行を理由に、近江朝廷を離れた大海人皇子の脳裏には、かつて古人大兄《ふるひとのおおえの》皇子《みこ》が吉野で殺害されたときのように、近江朝廷の追討軍による追跡が気がかりであったに違いない。

強行軍で大津を発ったその日に、飛鳥の島の宮に到着、翌早朝には宮瀧へ向かってそこを発っている。稲淵の集落を経て、飛鳥川沿いに上流の栢森《かやのもり》を過ぎると、つづら折りの山道が標高五百メートルの芋峠まで続いている。それから吉野川沿いまで下らなければならない。ましてや、その日は霰混じりの氷雨のなかを、女（鸕野皇女とその女官）子ども（草壁、忍壁皇子）を連れており、輿を担ぐ舎人たちなど一団の行軍は難渋を極めた。黒岩重吾さんの壬申の乱を扱った歴史小説のなかでそのように推測している。

そのときの様子を回想して即位後に詠まれた天武天皇の歌がある。

天皇の御製歌《おほみうた》

み吉野の　耳我《みみが》の嶺《みね》に　時なくそ　雪は降りける　間《ま》なくそ　雨は降りける　その雪の
時なきがごと　その雨の　間なきがごとく　隈《くま》も落ちず　思ひつつぞ来《こ》し　その山道《やまみち》を
（巻一・二五）

芋峠越えの道は大部分が舗装されているが、所々に林道の径が名残を留めている。この道を通るとき、この歌を思い出す。吉野川上流沿いの宮瀧に吉野離宮跡がある。大きく蛇行する淵の側にあったらしい。そこの両岸や川床の岩は流れによってえぐられ、その上を、今なお清冽な水の流れはとめどなく続いている。

吉野隠遁後、挙兵にいたるまでの歌は見えない。近江朝の動きに気を遣い、密かに挙兵の準備に暇がなかったのだろう。

吉野には壬申の乱に勝利し、即位した天武天皇以降の天皇たちが数多く行幸している。そのとき詠まれた万葉歌には、宮瀧離宮とすぐ近くの喜佐谷《きさだに》や周囲の象山《きさやま》、吉野川とそこに流れ込む象川《きさかわ》が詠み込まれている。

み吉野の象山《きさやま》の際《ま》の木末《こぬれ》にはここだも騒く鳥の声かも（巻六・九二四）

大和《やまと》には鳴《な》きてか来《く》らむ呼子鳥《よぶこどり》象《きさ》の中山呼びそ越ゆなる（巻一・七〇）

昔見し象《きさ》の小川を今見ればいよよさやけくなりにけるかも（巻三・三一六）
我《わ》が命も常《つね》にあらぬか昔見し象《きさ》の小川を行きて見むため（巻三・三三二）

後の二首はいずれも大伴旅人のものだが、前者は聖武天皇の吉野行幸に供奉したときのものである。「昔見し」とは、それ以前に持統天皇に従ってきたことを指している。大宰府赴任以前に詠んだ数少ないものの一首である。
後者は大宰府で、望郷の念に駆られていたころの一首で、以前見た「象の小川」がよほど強く印象に残っていたのだろう。

み吉野《よしの》の山のあらしの寒《さむ》けくにはたや今夜《こよひ》も我《あ》がひとり寝《ね》む（巻一・七四）

文武天皇が吉野の山を詠まれているが、これも喜佐谷周囲の山といわれる。吉野の「万葉の道」はこの集落から如意輪寺辺りに通じる道であった。

東の野にかぎろひの立つ見えて

「軽皇子《かるのみこ》、安騎《あき》の野に宿《やど》る時に、柿本朝臣人麻呂《かきのもとのあそみひとまろ》の作る歌」の長歌に続く短歌四首がある。

安騎《あき》の野《の》に宿《やど》る旅人うちなびき眠《い》も寝《ぬ》らめやも古《いにしへ》思ふに（巻一・四六）
ま草刈《くさか》る荒野《あらの》にはあれどもみぢ葉《ば》の過ぎにし君が形見《かたみ》とそ来《こ》し（巻一・四七）
東《ひむがし》の野にかぎろひの立つ見えてかへり見すれば月傾《かたぶ》きぬ（巻一・四八）
日並《ひなみし》の皇子《みこ》の尊《みこと》の馬並《な》めてみ狩《かり》立たしし時は来《き》向かふ（巻一・四九）

奈良県宇陀郡の大宇陀《おおうだ》町にある「かぎろひの丘万葉公園」は、黒岩重吾さんの出身校、宇陀中学（現大宇陀高校）近くの町役場裏手の丘陵地にあった。あまり高くない丘陵地の上に広場があり、そこに人麻呂の詠んだ長歌と短歌「東《ひむかし》の野にかぎろひの立つ見えてかへり見すれば月傾《かたぶ》きぬ」の歌碑が建てられていた。芝生が植えられ、東屋が建てられているだけの丘から、山並みに囲繞《いじょう》された安騎《あき》の野《の》を眺めながらしばし佇んでいた。

柿本人麻呂の短歌の歌碑（奈良県・かぎろひの丘万葉公園）

家を出るとき、大和路の鄙びたところを訪ねると妻に言うと、いつものように「なにも奈良まで行かずとも、市内の河内か吉野ケ里にでも出かけて寝転んでいたほうがましじゃない」の返事が返ってきた。しかし、河内の古代先住民や卑弥呼の時代では、遺跡や遺物はあっても、記紀とくに万葉のように、人の感情的なものまで記されたものがないと、私にはどうしても身近に感じられないのである。それに、戦前の教育を受けたものには「宇陀」といえば神武東征説話に出てくる「八咫烏《やたがらす》」や「鳥見の長髄彦《ながすねひこ》」との戦いでの「金の鵄《とび》」、更に久米歌の一節「撃ちてし止まむ」などが思い出されるのである。また、壬申の乱では、吉野から東国で兵を集めるため大海人皇子一行が、この安騎の野を疾駆して東国を目指したところでもある。

これらのことが、あまりにも有名な「東の野にかぎろひの立つ見えて――」の歌と共に、奈良馬鹿を招くのである。

十年も前、「読売新聞」に連載されていた、永井路子さんの「よみがえる万葉人」でつぎのように述べられていた。

東《ひむかし》の野にかぎろひの立つ見えてかへり見すれば月傾《かたぶ》きぬ

日本語で読み解くかぎり、むつかしいのは「かぎろひ」だけ。これを「かげろう」と解すれば、もう現代語訳の必要もないだろう。

ただし単なる叙景歌ではなく、亡き草壁皇子への追憶から、さらに遡って壬申の乱を回想する歌として読むべきだ、と私は思っている。乱の当時、少年だった草壁は、吉野を出て安騎野で一時休止した。その思い出を胸に、後年ここで狩りをした彼も、いまは世にない。

　その子、軽皇子に従って同じところにきた人麻呂たち舎人は、昔を思い出さずにはいられない。長歌に続く四の反歌（そのなかに「東の」がある）で人麻呂は、眠られぬ一夜を過ごした間の時間の経過を追っている、という説を読んだことがあるが、卓見ではないかと思う。

柿本人麻呂の長歌の歌碑（かぎろひの丘万葉公園）

　確かに、この四首の歌については、全てが言い尽くされている。

　余談になるが、宇陀は辰砂の産地であったが、水銀中毒が問題となり、その鉱山は閉鎖されていた。また、吉野で作られる和紙の名が「宇陀紙」で、宇陀で多く作られる葛粉が「吉野葛」と呼ばれているのも面白い。鄙びた町の土産はやはり葛粉と和紙が多かった。

　そのなかで私が求めたものは、卵と葛で作られた「きみごろも」という長谷寺御用達の菓子で「淡雪」に似たものであった。

山の辺の道　三輪山麓から春日山麓まで

桜井市内に「メスリ古墳」という巨大な前方後円墳がある。郷土史家の案内で、その後円部に上った。そこの縦穴式玄室から少し離れた側室から、鉄製の弓と矢が出土したという。全てが鉄製のそれは実戦で役立つものとは考えられず、鉄製の弓と矢を誇示して権力の象徴としたものだろう。四世紀ごろの大王像が浮かぶようである。また、そこから出土した高さ二メートル近い円筒埴輪としては最大級のものが、橿原《かしはら》考古学研究所付属の博物館に、鉄製の弓矢と共に展示されている。

北に続く山の辺の道には箸墓古墳、景行、崇神天皇陵、三十数枚の銅鏡の出土した黒塚古墳など数多くの古墳が点在している。三輪山近くに三輪王朝の存在を支持する理由ともなっている。またここには数多くの万葉歌碑が建てられている。

大神神社の摂社としての桧原神社は鳥居だけの社で、その近くには、いくつかの万葉歌碑がある。

古《いにしへ》にありけむ人も我《わ》がごとか三輪《みわ》の檜原《ひばら》にかざし折りけむ（巻七・一一一八）

巻向《まきむく》の檜原《ひばら》に立てる春霞《はるかすみ》凡《おほ》にし思はばなづみ来《こ》めやも（巻十・一八一三）

三輪山遠景

箸墓古墳を眼下に見下ろす桧原神社前の台地からは、盆地のなかに大和三山が、そしてその彼方には葛城に続く独特な姿の二上山が望まれる。そこへ案内してくれたタクシーの運転手が自慢げに語ってくれた。

「ここへは以前に写真家の入江泰吉さんを案内して喜んでいただきました。秋の彼岸に、二上山に沈む夕陽の眺められる所へという希望でしたので……」

そして、落陽の瞬間のシャッターチャンスを狙って、随分、あちこちとその場所を探されたあげく、ようやくカメラをセットされたことをつけ加えた。

春秋の彼岸には、三輪山から昇った太陽は西の二上山の二つの峰の鞍部に沈むことを、この土地の人はよく知っているのである。


倭は国のまほろばたたなづく青垣山隠れる倭し美し

この場所では、やはり『古事記』のこの歌が相応しく思われる。

衾道《ふすまぢ》を引手《ひきで》の山に妹《いも》を置きて山道《やまぢ》を行けば生けりともなし（巻二・二一二）

（引手の山に妻を葬り、山道を帰ると、悲しくて生きた心地がしない）

この柿本人麻呂の歌碑は山の辺の道の径のすぐ側にある。

紫《むらさき》は灰さすものそ海石榴市《つばきち》の八十《やそ》の衢《ちまた》に逢へる児や誰《たれ》（巻十二・三一〇一）

柿本人麻呂歌碑（奈良県天理市）

この海石榴市の歌垣で、物部の影姫をめぐって、平群《へぐりの》鮪《しび》に罵倒された武烈天皇は大伴金村に命じて平群真鳥《まとり》、鮪の親子を殺害する。

平城山で殺された鮪に思いを寄せていた影姫は石上から平城山へ、その道を駆けつける。その道の道筋には「北の山の辺の道」の地名が数多く見えている。その高円山の北斜面の辺りに白毫寺がある。ここには志貴皇子の春日の宮があったらしい。

高円《たかまと》の野辺《のへ》の秋萩《あきはぎ》いたづらに咲きか散《ち》るらむ見る人なしに（巻二・二三一）

志貴皇子の一首である。

淳仁《じゅんにん》天皇の後、重祚《ちょうそ》した称徳女帝の後を受け即位した光仁天皇の父に当たるのが志貴皇子で、「春日宮御《かすがのみやにおわしまし》宇天皇《すめらみこと》」と進称されることになろうとは彼自身思ってもいなかったことだろう。

一度、光仁天皇と志貴皇子親子の御陵を訪ねたことがある。高円山の南東にあったが、そのとき、光仁天皇陵の近くの丘陵地の茶畑のなかに質素な大安麻侶の墳墓があることを知った。

藤原氏興隆への布石　石川広成、広世兄弟の皇籍剥奪

文武五（七〇一）年、元号が「大宝」と改まった。大宝律令完成の年である。

このころ、文武天皇の身近で三つの生命が誕生した。藤原宮子が文武との間に首皇子《おびとのみこ》（後の聖武天皇）を、石川刀子娘《いしかわとねのいらつめ》が同じく文武との間に広成皇子を、そして県犬養三千代《あがたのいぬかいのみちよ》が藤原不比等との間に娘・安宿媛（後の光明皇后）を出産した。

文武天皇には、いわゆる内親王の「妃《きさき》」はいなくて、「夫人」が宮子、「嬪」として石川刀子娘と紀竃門娘《かまどのいらつめ》の三人が入内していた。

ところが、『万葉集』の「広成皇子の歌」とあるべき歌の題詞にはそう書かれてはいない。

石川朝臣広成《いしかはのあそみひろなり》の歌一首　後に姓高円朝臣の氏を賜ふ

家人《いへびと》に恋過《こひす》ぎめやもかはづ鳴く泉《いづみ》の里に年の経《へ》ぬれば（巻四・六九六）

「内舎人《うちどねり》石川朝臣広成の歌二首」のうちの一首。

妻恋《つまごひ》に鹿《か》鳴く山辺《やまへ》の秋萩は露霜《つゆしも》寒み盛り過ぎ行《ゆ》く（巻八・一六〇〇）

歌はさておき題詞にある「石川朝臣広成」「内舎人石川朝臣広成」に注目したい。「朝臣」とは皇族に賜る姓ではなく、「内舎人」とは「宮中の警護や天皇の身辺の雑務を勤める役で、大伴家持もそうであったように、五位以上の者の子弟が選ばれ」（『よみがえる万葉人』）るのである。

これらの歌が詠まれたのは天平十五年ごろで、広成は異母兄である聖武天皇の内舎人となっていたわけである。そして従五位下に叙せられ「高円」の姓を受けている。

さて、二人の皇子が皇籍を剥奪されたのはなぜなのだろうか。

二人の皇子を除くことを望むのは、誰あろう首皇子の母方の祖父・藤原不比等である。県犬養三千代との間に産まれた娘である安宿媛を孫の聖武に娶せ、その後も藤原系皇子を望んだのも不比等と三千代であったろう。

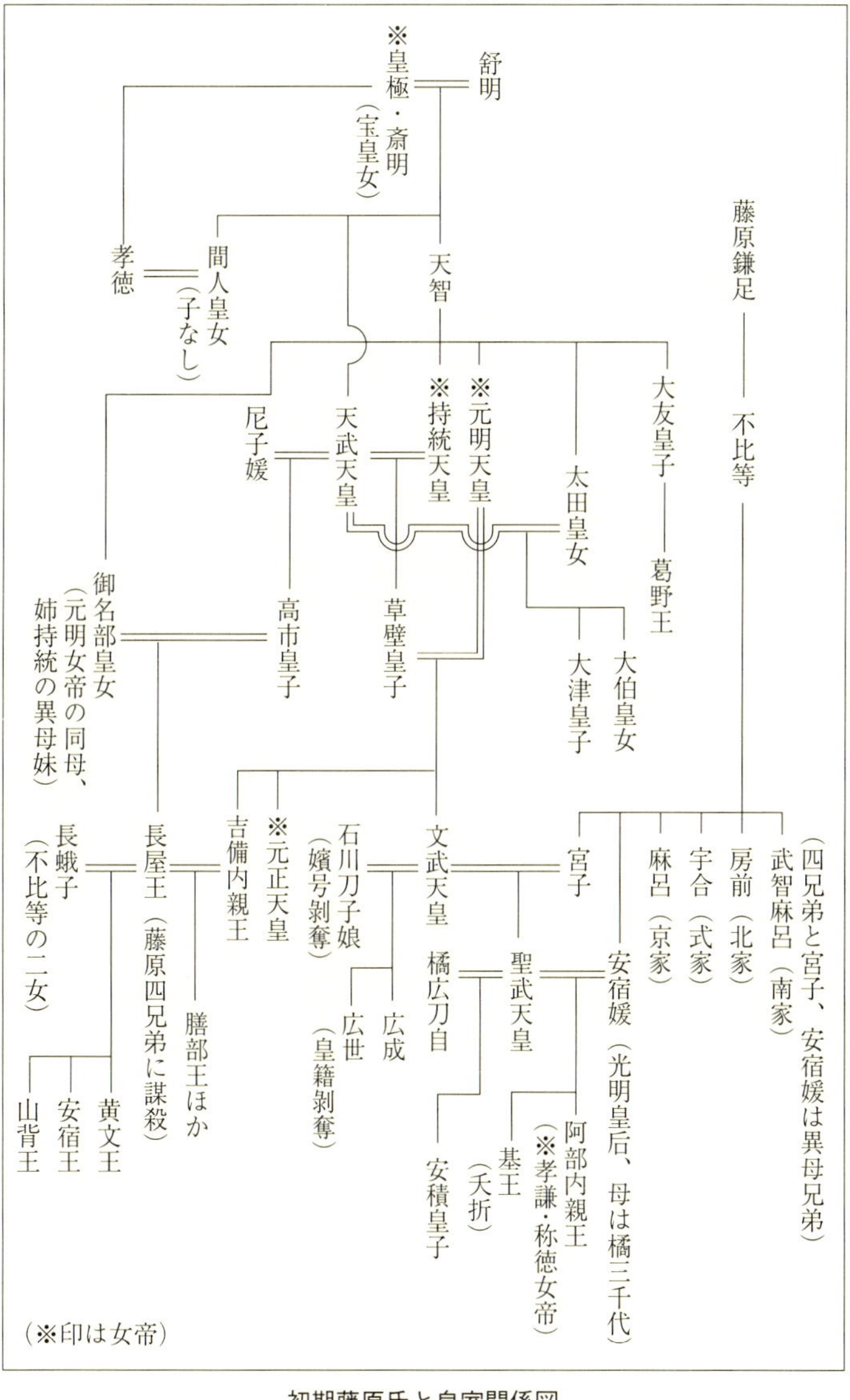
舒明
※皇極・斉明（宝皇女）
孝徳
間人皇女（子なし）
天智
藤原鎌足
不比等
大友皇子
葛野王
太田皇女
※元明天皇
※持統天皇
天武天皇
尼子媛
大伯皇女
大津皇子
草壁皇子
高市皇子
御名部皇女（元明女帝の同母、姉持統の異母妹）
（四兄弟と宮子、安宿媛は異母兄弟）
武智麻呂（南家）
房前（北家）
宇合（式家）
麻呂（京家）
宮子
安宿媛（光明皇后、母は橘三千代）
文武天皇
石川刀子娘（嬪号剥奪）
※元正天皇
吉備内親王
長屋王（藤原四兄弟に謀殺）
長娥子（不比等の二女）
聖武天皇
橘広刀自
広成
広世（皇籍剥奪）
膳部王ほか
阿部内親王（※孝謙・称徳女帝）
基王（夭折）
安積皇子
黄文王
安宿王
山背王
（※印は女帝）

初期藤原氏と皇室関係図

文武の死後、和銅六年、突如石川刀子娘と紀竃門娘の「嬪」号が削られる。

「石川紀二嬪ノ号ヲ貶《オト》シテ、嬪ト称スルコトヲ得ザラシム」（『続日本紀』）と書かれているが、理由は一切明らかにされていない。

母親の「嬪」号を削ることに連動して、二人の「皇子」の皇籍を剝奪する。政権のトップ不比等と後宮での長・三千代が仕組んだ、藤原の血の流入による皇統の簒奪を狙った布石ではなかったろうか。

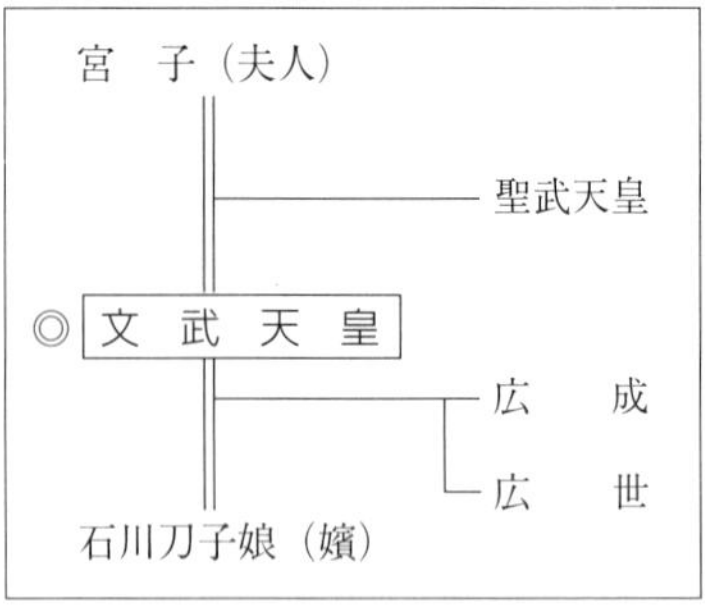

文武天皇の男子

かくて、文武の広成、広世皇子は石川広成、広世となり、後に「高円朝臣」の姓と称号が与えられている。

母の「石川」は蘇我系であり「蘇我《そが》倉山田石川麻呂《くらやまだのいしかわまろ》」の血脈を引くものであり、その意味では持統、元明、元正女帝と同じ血筋である。その元明の時代に石川刀子娘の嬪号剝奪の勅許を得るためには、難しい画策があったに違いない。

いずれにしろ、広成、広世兄弟が生涯をまっとうするためには、異母兄の内舎人からの道を忠実に尽くすことであったわけである。

『万葉集』に残された歌には自らの境遇を嘆くようなものはないし、同情を求めるようなものもない。これが永井路子さんの言う「忘れられた皇子」の生涯だったのかもしれない。

藤原氏と蘇我系皇女たち

和銅元年戊申
天皇の御製《おほみうた》
ますらをの鞆《とも》の音すなりもののふの大臣《おほまへつきみ》楯立《たて》つらしも（巻一・七六）
御名部皇女《みなべのひめみこ》の和《こた》へ奉《まつ》る御歌《みうた》
我が大君《おほきみ》物な思ほし皇神《すめかみ》の継《つ》ぎて賜《たま》へる我《わ》がなけなくに（巻一・七七）

この天皇とは、草壁皇子妃の阿閉皇女《あへのひめみこ》が即位した後の元明天皇のことである。御名部皇女は元明天皇の同母姉に当たる。父は勿論、天智天皇、母は蘇我倉山田石川麻呂の娘である姪娘。この元明天皇の御製が何を意味するかは、明らかではない。だが、その姉である御名部皇女が、妹の天皇に向かって和えた自信に満ち溢れた歌は、意味深いものがあるようである。

天皇の妻妾については、后妃、夫人、嬪の定めがあり、妃（内親王）のなかで最高位の者が皇后（后）となった。また皇后が皇位に即くことは推古、皇極（斉明）、持統の前例がある。

元明天皇陵（奈良市奈良阪町）

皇太子のまま薨去した草壁皇子妃の阿閉皇女は、草壁皇子が天皇に準じた扱いを受けたため、正式に皇后の位には即いていなかったものの、皇位継承の資格が認められたのだろう。

御名部皇女は草壁皇子に次ぐ天武の皇位継承資格を持つ高市皇子の正妻であり、蘇我系の母をもつ天智の皇女であるという矜持《きょうじ》が、大君（元明天皇）に向かって「ご心配なさいますな、先祖の神々から後継ぎを賜っている私がおります」と言わしめたのだろう。

天武天皇の皇孫文武が幼少であったため、天武天皇の皇后であり、文武の祖母でもある鸕野皇女が中継ぎのため即位して持統天皇となった。同じように、草壁妃の阿閉皇女も子の文武天皇が早逝したため、幼少の首皇子（後の聖武）の前に即位したのが元明女帝である。

このころ、政権の最高位には藤原不比等があった。更に娘の宮子が文武天皇の夫人となり、後の聖武天皇の母となると、不比等は外戚祖父となった。その聖武天皇にも娘の安宿媛（光明子、後の光明皇后）を入内させた。

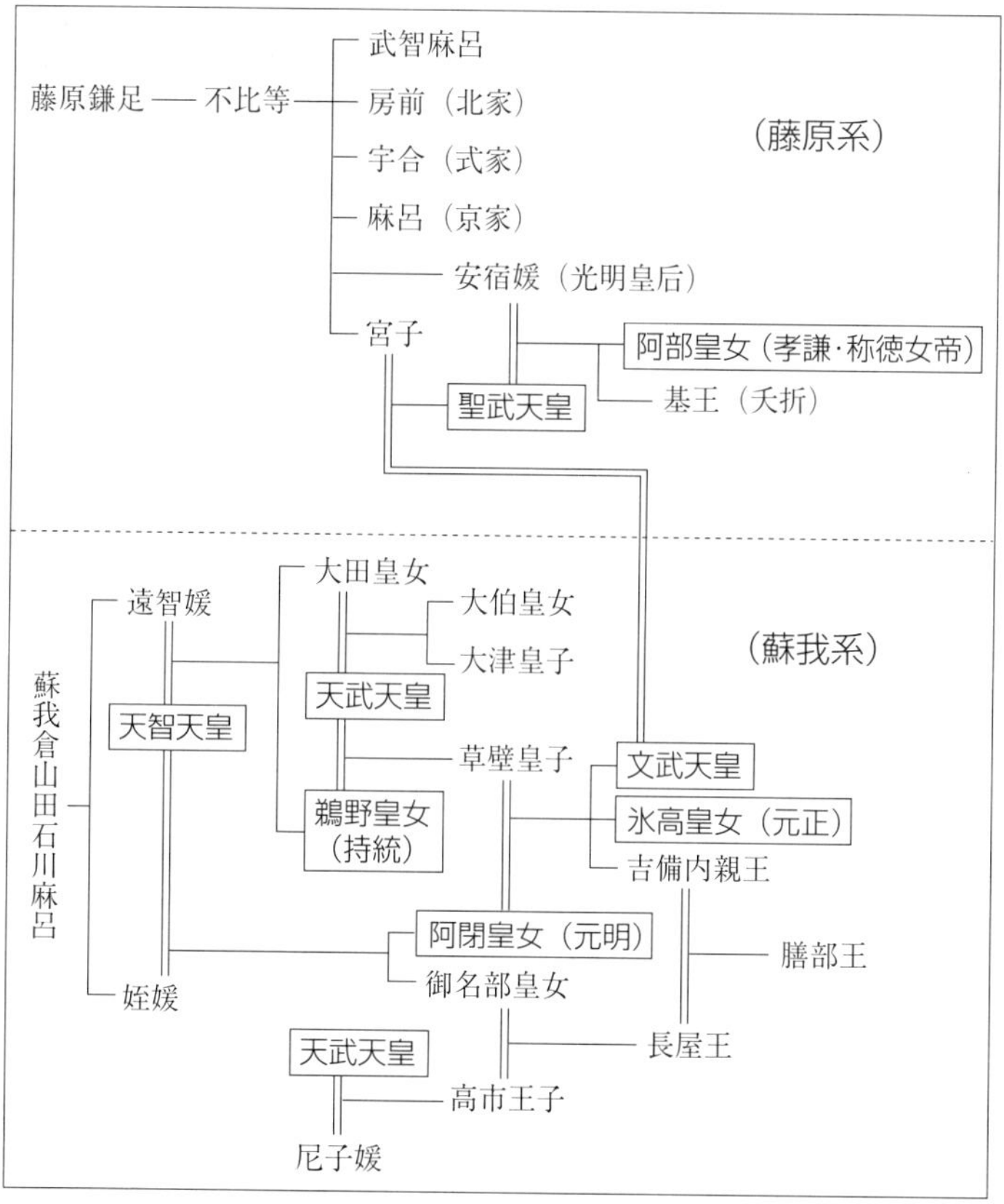

蘇我（石川麻呂）氏・藤原氏と皇室の関係図

元正天皇陵（奈良市奈良阪町）

これまでは、皇子女のうち蘇我倉山田石川麻呂の血脈を引くものが皇后や女帝の地位を占めてきた。しかし、この蘇我系の女系皇統血脈は、藤原宮子や安宿媛の入内によって絶え、藤原系が取って代ることとなった。

大化の改新以来因縁の蘇我と藤原の密かな対抗の火種が残った。

元明天皇は成人に達した皇孫首皇子へ直接譲位せず、娘の氷高皇女《ひだかのひめみこ》（文武の姉）を指名して元正女帝が誕生する。元明天皇のもう一人の皇女（元正女帝の妹）の吉備内親王は、高市皇子と御名部皇女の間の嫡子である長屋王に嫁していた。そして、長屋王と吉備内親王の間には膳部王《かしわでおう》などの王子がいた。

長屋王は天武の皇孫であり、また元正女帝の妹の夫でもあるので、破格の扱いを受けていたのであろう。長屋王邸宅跡から出土した木簡に「長屋親王」とあるのもそのためであろう。

元明天皇は長屋王の子どもを自分の皇孫として皇位継承の資格を認めていた。

果たして元明天皇は、藤原から来た嫁の産んだ子と、自分の娘の産んだ子のいずれに皇位継

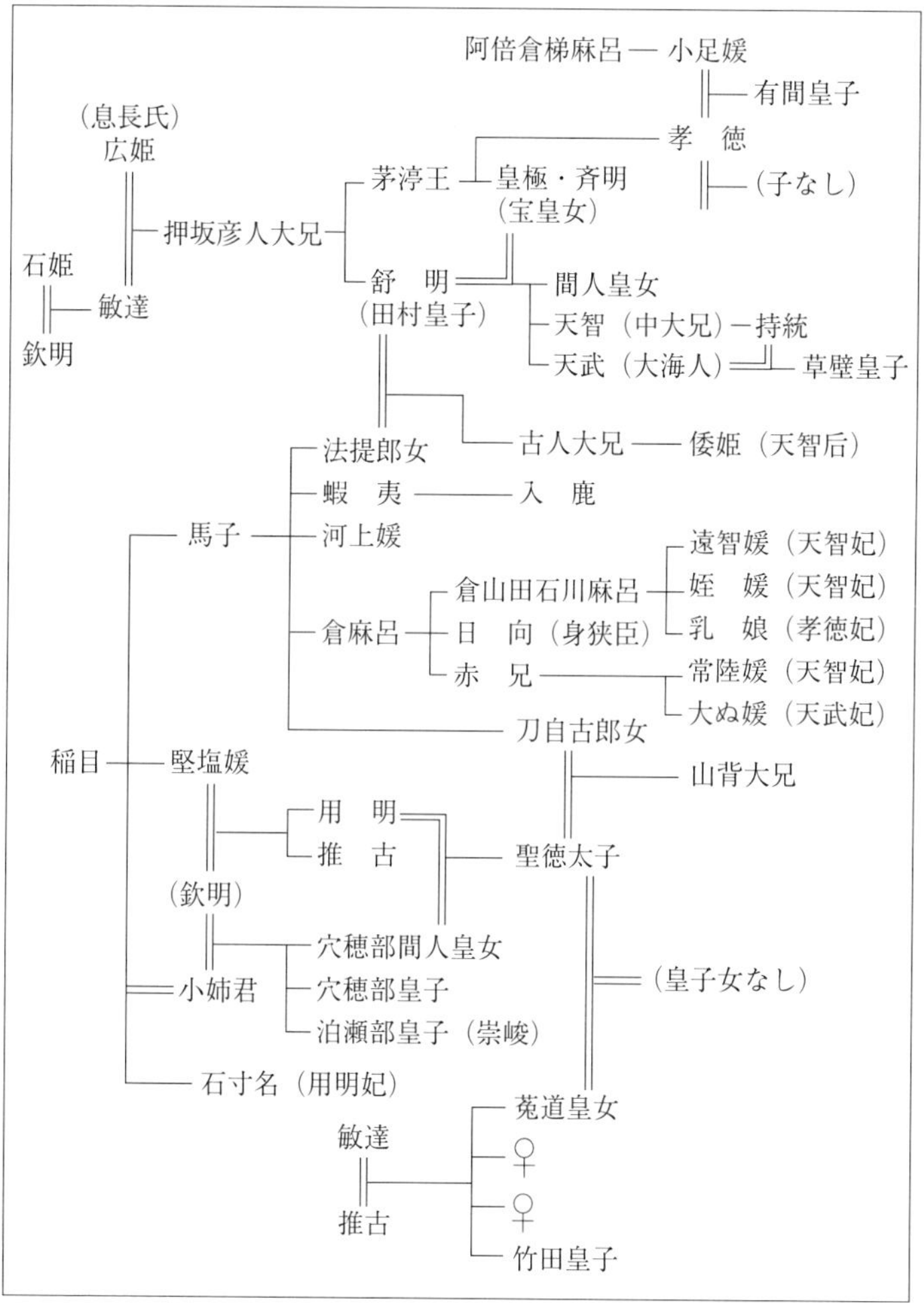
阿倍倉梯麻呂
小足媛
有間皇子
(息長氏)
広姫
孝　徳
茅渟王
皇極・斉明
(宝皇女)
(子なし)
押坂彦人大兄
石姫
敏達
欽明
舒　明
(田村皇子)
間人皇女
天智（中大兄）
持統
天武（大海人）
草壁皇子
法提郎女
古人大兄
倭姫（天智后）
蝦　夷
入　鹿
馬子
河上媛
遠智媛（天智妃）
倉山田石川麻呂
姪　媛（天智妃）
倉麻呂
日　向（身狭臣）
乳　娘（孝徳妃）
赤　兄
常陸媛（天智妃）
大ぬ媛（天武妃）
刀自古郎女
稲目
堅塩媛
山背大兄
用　明
推　古
聖徳太子
(欽明)
穴穂部間人皇女
小姉君
穴穂部皇子
(皇子女なし)
泊瀬部皇子（崇峻）
石寸名（用明妃）
菟道皇女
敏達
♀
推古
♀
竹田皇子

蘇我氏と皇室の関係図

承を望んでいたのだろうか……。

元正天皇への譲位はこのあたりの事情が絡んでいるのではないかという推理は、永井路子さんの『美貌の女帝』（文藝春秋社）のなかでも述べられている。

不比等が計画したといわれる平城京遷都により、藤原京を離れるとき、元明天皇が夫の草壁皇子を思って詠まれた歌がある。

飛《と》ぶ鳥《とり》の明日香《あすか》の里を置きて去《い》なば君があたりは見《み》えずかもあらむ（巻一・七八）

蘇我系女帝たちの頼みであった長屋王一家に対する藤原氏の策謀が始まるのは、不比等死亡後のことである。

長屋王の変

藤原不比等が薨じた後、台閣のトップとなったのが左大臣の長屋王である。彼と妃の吉備内親王の間には嫡子・膳部王がいた。この両親の間の嫡子だけに元明天皇は彼を皇孫として認め、皇位継承の可能性を認めていた。このころ、内親王を妻とする皇族はほかに例を見なかったからである。

祖母（元明）や伯母（元正）と同じ蘇我系の長屋王や膳部王は、藤原系の母を持つ首皇子に

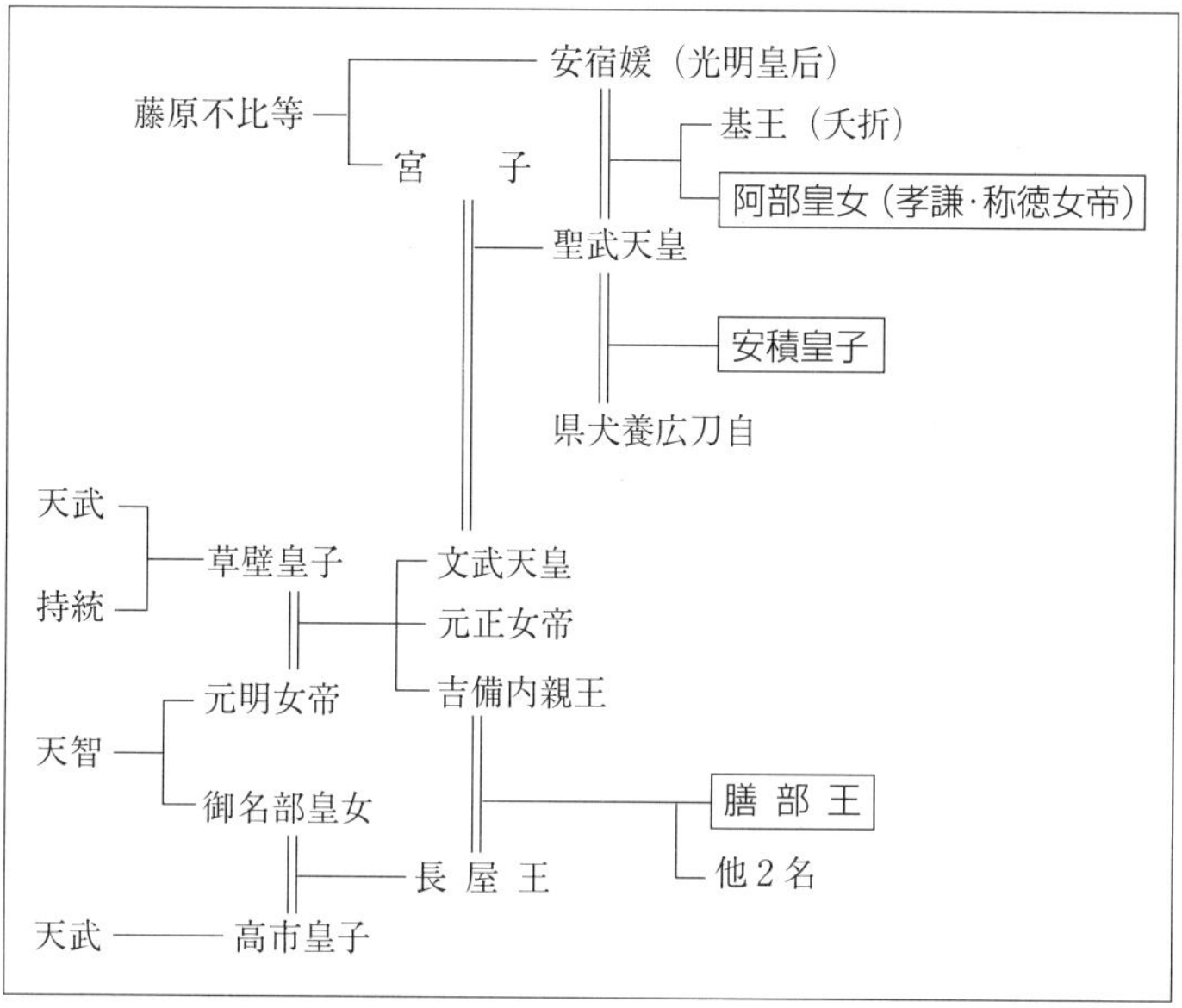

聖武天皇の後継候補者たち（「長屋王の変」以前）

とっては不気味な存在であった。ただ、妻の安宿媛や母の宮子に連なる藤原四兄弟の後盾が力強い存在であったろう。

だが、「夫人」の資格では、安宿媛は「皇后」の地位に立ち得ないことは、聖武天皇の母、宮子と同じであった。強引に皇后に冊立するには「令」の定めや、前例に詳しい長屋王の存在が障害であった。

こんな折、聖武天皇にも藤原氏にとっても期待の皇子を安宿媛が出産した。この誕生間もない皇子基王を異例の早さで立太子させたが、この皇子はあえなくも夭折する。

聖武天皇には「嬪」の県犬養広刀自の間に非藤原系の安積《あさかの》皇子《みこ》が誕生し

ていた。

この時点で、聖武天皇の後の皇位継承有資格者を整理してみる。
一、聖武と安宿媛の間の内親王、阿部皇女（ただし、内親王の立太子は前例がない）。
二、聖武と県犬養広刀自の間の安積皇子（非藤原系の皇子だが未だ幼い）。
三、長屋王と、吉備内親王間の膳部王（元明帝の皇孫）。
四、安宿媛を「皇后」の地位に即かせ皇位を継承させる。
四の方法は、天皇・皇后間の内親王がほかの皇子に優先できる口実ともなる。藤原氏はこの方法を選んだ。

まず、安宿媛冊立を企てる藤原氏には長屋王が目障りで、その排除に藤原氏の標的が絞られた。

たまたま、夭折した基皇子死亡の原因が「長屋王の呪詛によるもの」という下級官人の誣告《ぶこく》を盾に、聖武天皇の勅許を得て、藤原四兄弟のうちの宇合《うまかい》が、天皇直属の中衛府の兵を率いて長屋王邸を包囲する。

長屋王には叔父にあたるが、藤原よりの新田部、舎人両親王や藤原武智麻呂《むちまろ》らの糾問使が王邸に入り、結果的には長屋王と吉備内親王、その間の膳部王とほかの二皇子までが自剄《じけい》して果てた。「長屋王の変」である。

この前に、長屋王の側に立つと思われていた、中納言である大伴旅人は大宰府に遠ざけられ

長屋王陵（奈良県生駒郡）

ていた。そして、急遽、六衛府の指揮権を持つ中衛府大将に藤原房前を任じていた。

大宰府で、妻の大伴郎女を失って悲嘆にくれていた旅人に長屋王の最期の報がもたらされたときに詠まれた、「うつうつとして」と前書きのある旅人の一首が残されている。

験《しるし》なき物を思はずは一坏《ひとつき》の濁れる酒を飲むべくあるらし（巻三・三三八）

また、

神亀《じんき》六年己巳《きし》、左大臣長屋王《ながやのおほきみ》、死を賜はりし後に、倉橋部女王《くらはしべのおほきみ》の作る歌一首

大君の命恐《みことかしこ》み大殯《おほあらき》の時にはあらねど雲隠《くもがく》ります（巻三・四四一）

（天皇の仰せで、まだそのときでもないの

に死んで行かれた）

があり、ほかにも以下のような歌がある。

膳部王《かしはでのおほきみ》を悲傷《かなし》ぶる歌一首

世の中は空《むな》しきものとあらむとそこの照る月は満《み》ち欠《か》けしける（巻三・四四二）

後に、長屋王の無実が認められる。その証しのように『万葉集』にこの二首が収載されている。

長屋王亡き後、民間出の安宿媛が皇后の位に即き「光明皇后」が実現する。前例から皇后の皇位継承資格まで認められることとなった訳である。このことは、嬪の産んだ安積皇子に、皇后の産んだ藤原系の阿部皇女を優先して立太子させる口実にして、それを実現した。

こうして、長屋王の覆滅によって、まさに藤原氏の思惑通り進むと思われていた。ところが、天平九年に流行した天然痘によって藤原四兄弟は相次いでこの世を去ることになった。そして、それが長屋王の怨念によるものとの噂が流れ、天平十二年、藤原広嗣《ひろつぐ》が筑紫で乱を起こすと、それを機に聖武天皇は平城京を離れ、東国への彷徨《ほうこう》の旅に出る。

長屋王夫妻の陵墓は平群谷の近鉄平群駅近くの所にあった。私がそこを訪れた日は奈良地方に十数年振りに大雪が降っていた。

大伴旅人の大宰府赴任

神亀四（七二七）年末、長屋王首班の中納言・大伴旅人は大宰帥に任じられた。中納言では在京のままの兼官は許されず、老齢の武将はやむなく妻を伴って筑紫に赴任した。

やすみしし我《わ》が大君《おほきみ》の食《を》す国は大和《やまと》もここも同じとぞ思ふ（巻五・九五六）

「大宮人の住む奈良の佐保の山を思い出しませんか？」との部下の問いに答えたものである。翌年三月、妻の大伴郎女が筑紫で急逝した。旅人は悲嘆に暮れた。そして翌天平元年には長屋王の訃報がもたらされる。

世の中は空《むな》しきものと知る時しいよよますます悲《かな》しかりけり（巻五・七九三）

山上憶良は日本挽歌と反歌を旅人に捧げた。そのなかの二首。

妹《いも》が見し棟《あふち》の花は散《ち》りぬべし我が泣く涙いまだ干《ひ》なくに（巻五・七九八）
大野山霧立《おほのやまきりた》ち渡る我が嘆《なげ》くおきその風に霧立ち渡る（巻五・七九九）

大野山は大宰府政庁の背後にある山であり、旅人の妻はここに埋葬されたらしい。

一方、その年八月、大内裏の中核を警護する天皇直属の親衛隊の名目で「中衛府」が設置される。この事について杉本苑子さんの『穢土荘厳』（文藝春秋社）から推理を引用する。


「中衛府」は大内裏の中核を警護する天皇直属の親衛隊ということに表向きはなっている。このため諸臣の決議に拠らず、太政官奏を経なくても、「天皇おんみずから勅裁を下し賜うた」とさえ呼号すれば、いつ何時でも自由に出撃させ得るいわば実態は藤原氏の私兵も同然な軍隊なのである。このような公私あやふやな軍団を皇宮守護の美名のもとに藤原氏が新たに組織した真の目的は、いうまでもなく長屋王家の覆滅にあった。初代長官に藤原房前が就任した事実からも、それは容易に推量できる……


かくて、首班の長屋王一家といえども容易に覆滅されてしまう。

同じ『穢土荘厳』のなかでは、長屋王の死を知らされたとき、旅人につぎのように語らせている。「国家の藩屏《はんぺい》として遠祖以来、軍事を司ってきた我が大伴の族だ。わしが都にいればむざむざ王を死なせはしなかった。大宰府の帥に任じ、筑紫くんだりまでわしを遠ざけておいて、一挙に事を起こした周到さからも藤原一門の企みは一朝一夕のものではあるまい」と……。

二人の身近な人を失った旅人の心は千々に乱れ、その酒量も増加した。うつうつとした気持ちで詠まれた「酒を讃むる歌十三首」のうちの一つ。

験《しるし》なき物を思はずは一坏《ひとつき》の濁《にご》れる酒を飲むべくあるらし（巻三・三三八）

更に、異郷にあっての望郷の念と亡妻追慕の歌が多く詠まれている。

愛《うつく》しき人のまきてししきたへの我が手枕《たまくら》をまく人あらめや（巻三・四三八）
我《わ》が盛《さか》りまたをちめやもほとほとに奈良の都を見ずかなりなむ（巻三・三三一）
我《わ》が命《いのち》も常にあらぬか昔見し象《きさ》の小川《をがは》を行きて見むため（巻三・三三二）

大伴氏の族長でもある旅人には、藤原全盛の都での生き残りの策を講じておく必要があった。
内廷の実力者・藤原房前に対し、

大伴淡等《おほとものたびと》の謹状《きんじやう》
梧桐《ごとう》の日本琴《やまとごと》一面《いちめん》　対馬の結石山《ゆひしやま》の孫枝《ひこえ》なり
この琴、夢《いめ》に娘子《をとめ》に化《な》りて曰《いは》く、「余《われ》、根を遙島《えうたう》の……（後略、巻五・八一〇の題詞）

を、短歌と共に日本琴に副えて贈っている。その時期は天平元年十月七日とある。

天平二年暮、大納言に昇叙された旅人は兼官のまま、憧れの都へ旅立つことになった。

我妹子《わぎもこ》が見し鞆《とも》の浦《うら》のむろの木は常世《とこよ》にあれど見し人ぞなき（巻三・四四六）
人《ひと》もなき空《むな》しき家《いへ》は草枕旅にまさりて苦しかりけり（巻三・四五一）

前者は帰京の途上鞆《とも》の浦で、後者は佐保《さほ》の家に戻ったときの、いずれも、亡妻追慕の歌。京に戻って後の旅人の詳細は明らかではない。だが元正太上天皇は、彼を非藤原系の安積皇子の後見人として期待していたらしい。天平三年七月、大納言となった大伴旅人卿は、佐保の邸宅で薨去された。

大宰府政庁の古跡に立つと、古の人の歌が聞こえてくるような気がする。

大使、対馬で卒す

天平八年、新羅に遣わされた使人たちの歌は、百四十五首が『万葉集』に収載されている。その内、筑紫の港や島の泊まりで詠まれた歌、七十四首が含まれている。

このころ、筑紫では疱瘡流行の兆しがあり、大使や副使もこれに罹患しており、結果的にはこの遣新羅使の派遣は失敗に終わる。このときの遣新羅使と、その使人たちを『万葉集』にある歌で追ってみる。

難波の港を出た一行の船は、瀬戸内海航行中に早くも山口沖で遭難し、漂流しながら筑紫の豊前分間《わくま》の浦に漂着している。

「ここに艱難を追ひて怛《いた》み、悽惆《せいちう》して作る八首」の冒頭に、

大君《おほきみ》の命恐《みことかしこ》み大船《おほぶね》の行きのまにまに宿《やど》りするかも（巻十五・三六四四）

がある。

この一首は、ここで詠まれた雪宅麻呂《ゆきのやかまろ》の歌である。彼は渡来人の一人で通訳として参加させられていた。

筑紫の館、荒津、糸島の韓亭《からどまり》（唐泊）、引津《ひきつ》の亭（糸島郡志摩町）で風待ちを重ねた新羅遣唐使は、肥前の松島湾の入り口にある「狛島の亭」に停泊している。「狛」は「柏」の誤記で、唐津市の神集島《かしわじま》（柏島）と考えられている。

ここは今も荒天候のときの舟の避難場所となるほどの天然の良港である。周囲数キロのこの島には、犬養孝先生揮毫の万葉歌碑七つが建てられている。遣新羅使の、ここで詠んだ歌七首の歌碑である。

帰り来て見むと思ひし我《わ》がやどの秋萩《あきはぎ》すすき散りにけむかも（巻十五・三六八一）

この秦田麻呂《はだのまろ》の歌は、目的地の新羅にも着かないうちに、もう帰朝の時期の迫ったことを嘆いたものである。玄界灘の荒海を渡る前に既に秋風が吹き始め、不安な気持ちを表している。この歌碑は港のすぐ側の民家の前に建っている。

神集島を出て到着した壱岐で、ここでの最初の死者が出る。「壱岐島《ゆきのしま》に至りて、雪連宅満《ゆきのむらじやかまろ》（雪宅麻呂）の忽《たちまち》に鬼病《きびやう》に遇ひて死去せし時に作る歌」とある挽歌の二首。

石田野《いはたの》に宿《やど》りする君家人のいづらと我《われ》を問はばいかに言はむ（巻十五・三六八九）

新羅《しらき》へか家にか帰る壱岐《ゆき》の島行かむたどきも思ひかねつも（巻十五・三六九六）

雪宅麻呂の歌はこの項の最初に記した。彼の墓は壱岐郡石田町の小高い丘陵地にあった。そこでは今なお里人たちの手厚い供養が続けられているという。タクシーの運転手は、そう教えてくれた。

遣新羅使は順風に恵まれず、対馬の竹敷《たかしき》の浦でも風待ちのため停泊している。ここで詠まれた大使・阿倍継麻呂《つぐまろ》、副使・大伴三中《みなか》の歌。

あしひきの山下《やました》光るもみち葉の散りのまがひは今日《けふ》にもあるかも（巻十五・三七〇〇）

竹敷《たかしき》の黄葉《もみち》を見れば我妹子《わぎもこ》が待たむと言《い》ひし時そ来《き》にける（巻十五・三七〇一）

やがて新羅に到着した一行の使命は不首尾に終わる。しかも、その帰途、大使は対馬で病没し、副使・大伴三中も天然痘に罹患して帰京の日が遅れている。その前後には都でも天然痘の流行が始まり、やがて猖獗《しょうけつ》を極める。

藤原四兄弟はじめ、あの「あをによし奈良の都は咲く花の――」と大宰府の地で詠んだ小野老朝臣などが前後して没していく。

長屋王の変以降、政権の中枢にあった藤原四兄弟の相次ぐ死で、思いもかけずトップに踊り出たのが、臣籍下降後の橘諸兄（葛城王《かつらぎおう》）である。

長屋王の亡霊に怯えて

梅雨の花紫陽花が詠まれた万葉歌が二首ある。その一首。

あぢさゐの八重《やへ》咲くごとく八《や》つ代にをいませ我が背子《わせこ》見つつ偲《しの》はむ（巻二十・四四四八）

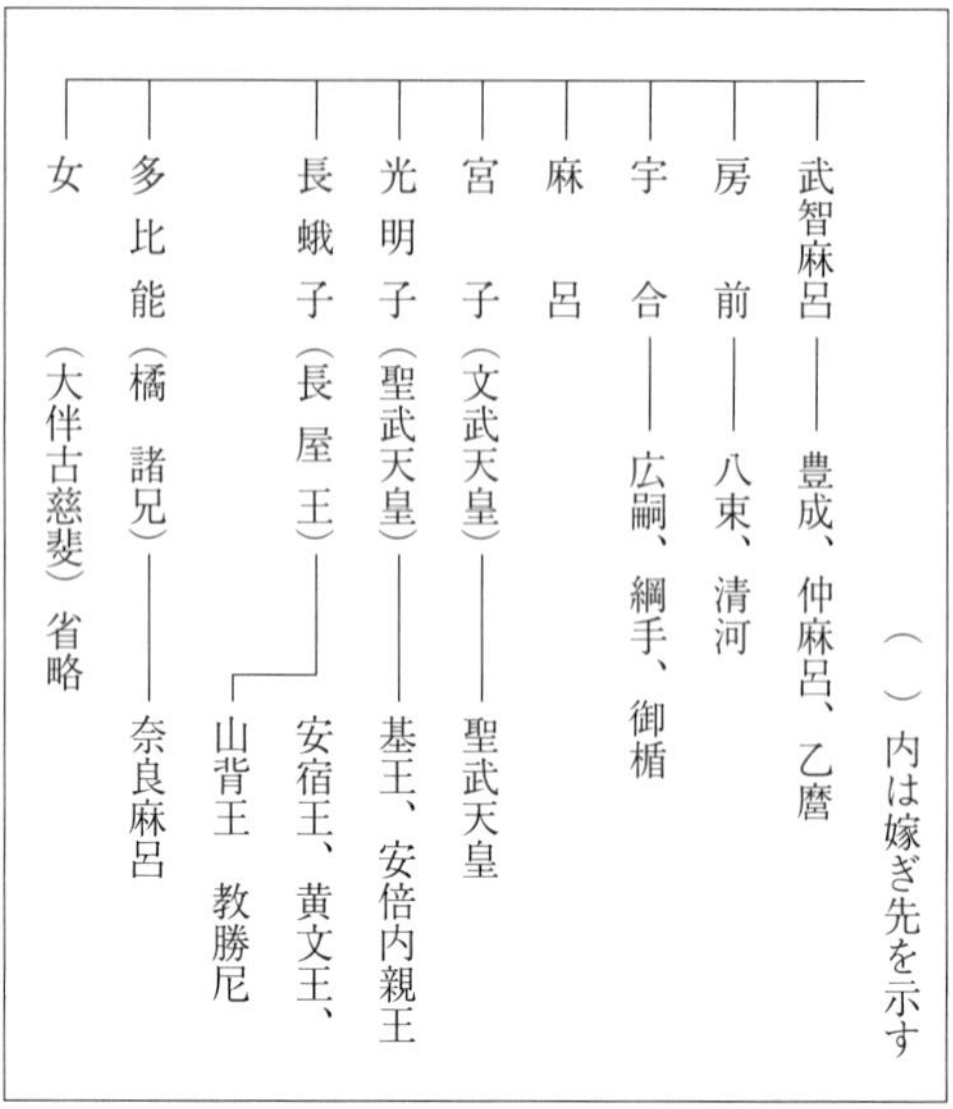

藤原不比等の子女と孫たち（一部）

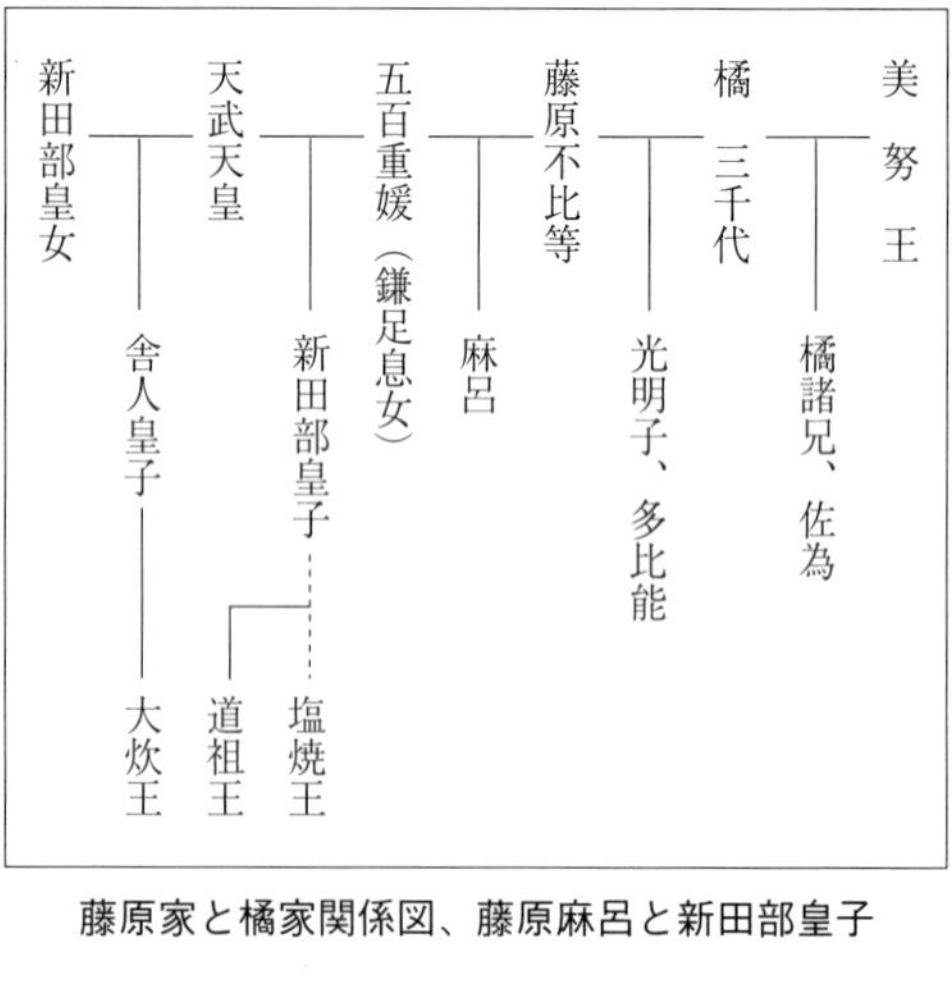

藤原家と橘家関係図、藤原麻呂と新田部皇子

左大臣・橘諸兄が右大弁・丹比国人真人の歌に和えたものである。
美努王の王子、葛城王と佐為王《さいおう》の兄弟は天平八年、臣籍下降を願い出て、母の橘三千代と同じ「橘宿禰」の姓を受け、橘諸兄、佐為となった。

ここで、光明皇后の異父ながら同母の兄、橘諸兄が凋落した藤原氏に代わって「藤・橘」を代表して急遽台閣トップの座に祭り上げられた。諸兄は元来皇族であり、父の元を去った母の橘三千代や異父妹である光明皇后、それに藤原氏については、必ずしも好意的感情は持っていなかったかもしれない。

事実、諸兄は死んだ藤原四兄弟の子弟をさしおき、唐から帰朝した吉備真備や僧の玄昉を重用した。このことが天平十二年、筑紫での「広嗣の乱」への伏線となった。式家、宇合の長男・広嗣は大宰少弐として筑紫に赴任させられるが、南家の豊成や仲麻呂の処遇に比べ、「左遷」と理解した直情家の広嗣は、吉備真備らを「君側の奸」と名指しで上奏文を発して兵を挙げたのである。

この反乱は容易に沈静させられたが、この藤原身内の反乱は、聖武帝の心を揺さぶった。それは、藤原四兄弟の死が、帝自らの勅許により、死に追い込んだ長屋王の怨霊によるとの風説に怯えていたときだったからである。父の文武が早逝し、うつ状態に苦しんだ母、宮子の資質を、聖武も受け継いでいたといわれている。

「広嗣の乱」を機に、聖武帝は平城京を出て、恭仁《くに》、紫香楽、難波などへ足掛け六年の彷徨が始まる。

かつては、聖武帝も光明皇后も、天皇であり皇后である以上に藤原氏族の一員であった。だが四兄弟に庇われた傘を失った今、勝ち気な皇后の視線が藤原氏千年の安定に向けば向くほど、天皇は長屋王の怨念に苦しんでいた。そして自らが藤原氏族の一員であることに忸怩たる思い

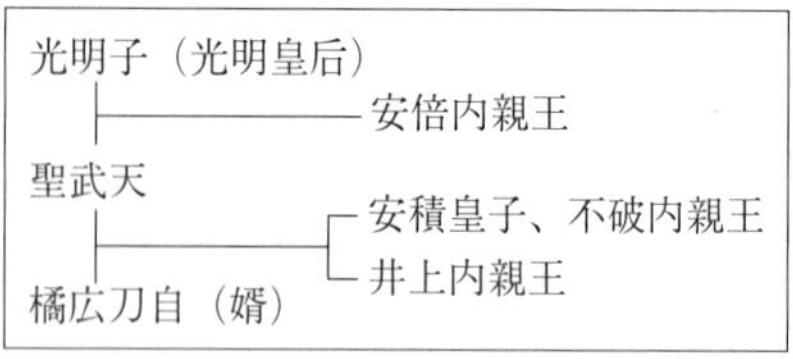

聖武天皇の皇子と内親王たち

があったろうと推測される。藤原氏によって建設された平城京からの脱出もその証拠とする説がある。

元正太上天皇や聖武帝にも信任されていた諸兄には、恭仁宮への遷都は歓迎すべきものであった。彼の別荘がそこにあったから……。

だが、新京が完成する前に、紫香楽離宮の建設が始められた。さらに帝は三度難波への遷都を宣言した。その難波への行幸の留守に、唯一の皇子であった安積皇子が急逝する。それが、藤原仲麻呂の置毒《ちどく》によるものと知らされた聖武帝の慙愧《ざんき》は、いよいよ深まった。

当時、諸兄の内舎人だった大伴家持の歌がある。

愛《は》しきかも皇子《みこ》の命《みこと》のあり通《がよ》ひ見《め》しし活道《いくぢ》の道は荒れにけり（巻三・四七九）
大伴《おほとも》の名に負《お》ふ靫帯《ゆきお》びて万代《よろづよ》に頼《たの》みし心いづくか寄せむ（巻三・四八〇）

諸兄首班の参議に藤原仲麻呂が名を連ねたのは、安積皇子変死の前年である。やがて、仲麻呂は光明皇后や阿倍皇太子の寵を得て、諸兄を凌ぎ政治の実権を握ることになる。

藤原仲麻呂の全盛

天平元年長屋王亡き後、藤原四兄弟は異母妹を異例の民間出身の「光明皇后」として冊立した。

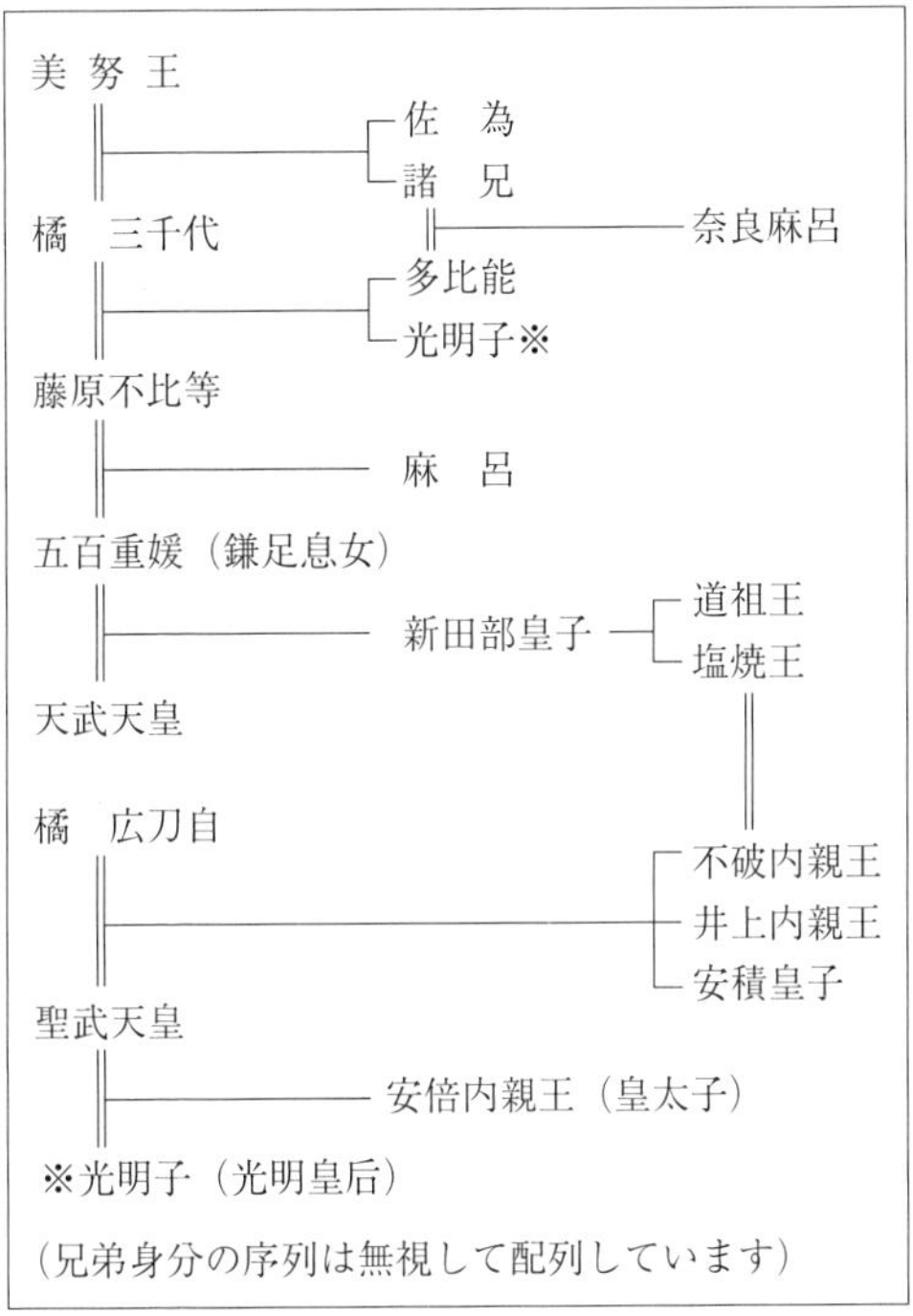

皇室と藤原・橘氏関係図

光明皇后の母、橘三千代や相次ぐ四兄弟の急死で凋落した藤原一門の復興を願う光明皇后は、極めて藤原の血の濃い阿倍内親王の立太子を強く望んだ。

阿倍内親王は光明皇后自らの内親王であり、母親が嫡である橘広刀自の安積皇子より優先させるべきものとして、聖武帝を説得し、天平十年、これまた前例のない内親王の立太子を実現させた。

聖武天皇は、安積皇子を自分の皇位継承の唯一の皇子として意識はしていながら、光明皇后に押し切られた。安積皇子の立太子を強く望んでいた元正上皇や安積皇子の姉の井上、不破内親王、それに母の広刀自には強い落胆と不満が残った。

天平十二年、広嗣の藤原身内からの反乱に驚いた聖武天皇は、藤原氏の築いた平城京からの脱出を試みた。

この時期に兄弟の不破内親王の婿、塩焼王《しおやきおう》による「皇太子廃立計画」は未遂に終わり、塩焼王は配流、不破内親王は光明皇后により皇籍を剥奪される。

橘諸兄をさしおき、徐々に頭角を現わし始めたのが藤原仲麻呂である。温和な兄・豊成《とよなり》と違い律令に精通し、辣腕な彼は叔母の光明皇后の寵を得、阿倍皇太子とも親しい関係となっていく。

うらぶれた平城京を詠んだ歌がある。

「奈良の京《みやこ》の荒墟《くわうきよ》を傷《いた》み惜しみて作る歌三首」のうちの二首と反歌一首。

世《よ》の中《なか》を常《つね》なきものと今ぞ知る奈良の都《みやこ》のうつろふ見れば（巻六・一〇四五）

石《いは》つなのまたをち反《かへ》りあをによし奈良の都をまたも見むかも（巻六・一〇四六）

立ち変《か》はり古《ふる》き都となりぬれば道の芝草《しばくさ》長く生《お》ひにけり（巻六・一〇四八）

これらに対し、内舎人だった大伴家持の、久邇《くに》の新京を讃《ほ》めて詠んだものがある。

今造《いまつく》る久邇《くに》の都は山川《やまかは》のさやけき見ればうべ知らすらし（巻六・一〇三七）

天平十六年、天皇は難波へ行幸する。そして藤原仲麻呂が留守官に任じられた。天皇に同行の安積皇子は足疾のため、途中から恭仁宮に引き返すが、数日後に変死する。「安積皇子の存在は、第一、第二の塩焼王を出現させる」との危惧の念を持ち続ける皇后や皇太子の意を汲んだ、仲麻呂の置毒による謀殺とされている。

皇后や皇太子の股肱として孝謙女帝を実現させ、自らも大納言となった仲麻呂の権力は、実際には橘諸兄を凌ぐものとなった。

あわよくば、権力トップの座を狙う仲麻呂の存在を苦々しく思う人がいた。諸兄の長男、奈良麻呂らである。やがて藤原南家の仲麻呂と左大臣の長男・奈良麻呂との藤・橘の争いが表面化するのは、諸兄の死、聖武天皇崩御の後のことである。

「三宝の奴」聖武天皇

戦時中の軍歌のなかでは、「空の神兵」と「海行かば」のメロディが好きである。後者の作詞は大伴家持となっている。『万葉集』「巻十八・四〇九四」の長歌のなかの一部である。

……大伴《おほとも》の　遠《とほ》つ神祖《かむおや》の　その名をば　大久米主《おほくめぬし》と　負ひ持ちて　仕へし官《つかさ》　「海行かば　水漬《みづ》く屍《かばね》　山行かば　草生《くさむ》す屍　大君《おほきみ》の　辺《へ》にこそ死なめ　顧《かへり》みは　せじ」と言立《ことだ》て　ますらをの　清きその名を　古《いにしへ》よ……

このなかの括弧の部分が軍歌に引用されている。題詞には「陸奥国《みちのくのくに》に金《くがね》を出だす詔書を賀《ほ》く歌一首并せて短歌」とある。

その短歌の三首なかの一首。

天皇《すめろき》の御代《みよ》栄《さか》えむと東《あづま》なる陸奥山《みちのくやま》に金花《くがね》咲く（巻十八・四〇九七）

鋳造中の東大寺毘盧舎那佛《びるしやなぶつ》に塗る黄金が不足していたときだけに、聖武天皇は喜び、皇后皇太子を引き連れ東大寺に行幸、その事を報告すると共にその喜びを分つ詔勅を発した。この詔

東大寺大仏殿（奈良市雑司町）

勅のなかに「大伴・佐伯二氏が宮門警護を勤め、身命を顧みない臣として頼もしく思う」という字句があることに感動した大伴家持が詠んだのがこの歌とある。

このころは、天平二十年、元正太上天皇が崩じ、生前その政治的野心を秘め続けてきた光明皇后が、これを聖武天皇に代わろうとするきっかけにしようとしていたときであった。

これに先立ち、天平十八年正月、大雪の日に、左大臣である橘諸兄以下の諸卿が元正太上天皇の御在所に参上したときの大伴家持の歌を再掲する。

大宮《おほみや》の内《うち》にも外《と》にも光るまで降《ふ》らす白雪《しらゆき》見れど飽《あ》かぬかも（巻十七・三九二六）

この年、家持は諸兄の推輓《すいばん》もあって越中守に任じられた。

聖武天皇自らは治世に倦《う》み「三宝《さんぼう》の奴《やつこ》」と称されるほどに仏教に帰依していた。

『万葉集』からうかがい知る記事はないが、聖武天皇は退位を迫られ、やがて未婚の皇女・阿倍皇太子が、政治的野心の点で気脈を通じる母の光明皇后と、その甥で皇太子には従兄に当たる藤原仲麻呂との連携を背景にして即位し、孝謙天皇が誕生している。

孝謙天皇の即位と共に仲麻呂は大納言となり、紫微令《しびれい》を兼務している。紫微令とは、皇太后となった光明皇后が、孝謙天皇を補佐して大政を行う機関（紫微中台《しびちゅうだい》）の長官にあたり、大政官に次ぐものであった。

かくて、仲麻呂は光明皇后や孝謙天皇と一層緊密になり、左大臣・橘諸兄、兄の右大臣・藤原豊成にも対抗し得るものとなった。

諸兄は臣下のトップの地位にあったが、藤・橘両者の立場は逆転していた。諸兄の子、奈良麻呂はじめ、皇族のなかにも仲麻呂の専横《せんおう》を憤る者があったが、誰一人として対抗し得なかった。

天平十九年に始まった大仏の鋳造は、天平勝宝四（七五二）年、完成し、四月九日、大仏開眼の日を迎える。

盛大な大仏開眼会が終わったその日、孝謙天皇は仲麻呂の田村第《たむらだい》に還御し、そこを御在所とされた。それはまさに孝謙女帝が仲麻呂の傀儡《くぐつ》となったことを意味するものであった。

鑑真の来朝

鑑真の来朝は、大仏開眼会の行われた天平勝宝四年から二年後の天平勝宝六年である。これに先立ち天平四年、第九次遣唐使の派遣が議せられ、大使以下のメンバーが任命された。そのなかに僧の普照《ふしょう》と栄叡《ようえい》が含まれていた。彼らには、日本でも僧や尼僧の戒律を定めるための、学徳すぐれた伝戒の師を招くための使命が課せられていた。天平五年三月、渡航を前に、自らも渡唐の経験のある山上憶良は、遣唐大使へ長歌及び二首の短歌を贈っている。長歌なしでは、その意を尽くせないが、紙面の都合で、短歌のみを記す。

大伴の三津《みつ》の松原掻《か》き掃《は》きて我《われ》立ち待たむはや帰りませ（巻五・八九五）
難波津《なにはつ》に御船《みふね》泊《は》てぬと聞こえ来《こ》ば紐解《ひもと》き放《さ》けて立ち走《ばし》りせむ（巻五・八九六）

普照と栄叡が渡唐の後、「伝戒の師」としての鑑真との出会いや本邦来朝までの経緯については、井上靖著の『天平の甍』（新潮社）に詳述されている。唐でも高名の鑑真が、なぜ日本への渡航を決意したかについてはつぎの記載がある。

聞いて曰く、日本国の長屋王、仏法を崇敬し、千の袈裟を造り、来たりてこの国大徳衆僧に施す。その袈裟の上に、四句を繍着して曰く、「山川異域、風月同天、寄諸仏子、共結来縁」これをもって思量するに、誠に是れ、仏法興隆し、有縁の国なり（後略）。（人物叢書『長屋王』、寺崎保広著、日本歴史学会編、吉川弘文館）

これが鑑真に来日を決意させた一因であるといわれる。

ただ、鑑真が本邦渡航に成功したのは、第十次遣唐使派遣の際である。

その第十次遣唐使派遣の大使には、仲麻呂と従兄弟ながら、彼に同調しない藤原清河《きよかわ》が、副使には大伴古麻呂《こまろ》と吉備真備が任じられた。

これに先立ち第八次遣唐使船で渡唐し、以後唐朝に仕えた阿倍仲麻呂は玄宗皇帝の厚い信任を得ていた。第十次遣唐使派遣に際し、光明皇后はつぎの歌を贈っている。

大船《おほぶね》にま梶《かぢ》しじ貫《ぬ》きこの我子《あご》を唐国《からくに》へ遣《や》る斎《いは》へ神たち（巻十九・四二四〇）

大使《だいし》藤原朝臣清河《ふぢわらのあそみきよかは》の歌一首

春日野《かすがの》に斎《いつ》く三諸《みもろ》の梅の花栄《さか》えてあり待て帰り来《く》るまで（巻十九・四二四一）

この大使・藤原清河は、阿倍仲麻呂と共に乗船した帰路の第一船が難破してベトナムに漂着し、再び日本へ帰り着くことはなかった。

第二船に乗った鑑真と副使・大伴古麻呂は幸いにも、鹿児島の坊の津へ流れ着き入京することができた。

藤原仲麻呂の目の敵《かたき》、吉備真備も無事帰国し、後に起こる「藤原仲麻呂（恵美押勝）の乱」では、孝謙上皇と弓削道鏡《ゆげのどうきょう》の側の軍師として仲麻呂を滅ぼすこととなる。

入京した鑑真は東大寺に戒壇院を開き、聖武太上天皇以下に戒を授けた。

聖武太上天皇崩御後、「橘奈良麻呂の変」に荷担したとして新田部皇子《にいたべのみこ》の子・道祖王《ふなどおう》は新田部皇子以来の邸宅を没収される。この平城京右京五条の地が鑑真に与えられ、平城宮朝堂院を移築し一応の寺院の体裁を整えたのが唐招提寺の濫觴とされている。今も残る、寺域内にある校倉《あぜくら》造りの蔵庫は新田部皇子邸宅の名残りといわれる。

道祖王の廃太子

「五年正月四日に、治部少輔石上朝臣宅嗣の家にして宴する歌三首」のなかの一首。

新《あらた》しき年の初《はじ》めに思ふどちい群《む》れて居《を》れば嬉《うれ》しくもあるか（巻十九・四二八四）

道祖王の歌である。ここでは、この方を主役として登場願おう。

彼は、天武天皇と藤原夫人の間の新田部皇子の嫡子。言い換えれば天武皇孫にあたる。藤原夫人は天武崩御後に藤原不比等に嫁し、藤原四兄弟の末弟・麻呂を産んでいる。即ち、新田部皇子と麻呂は異父兄弟。更に麻呂と光明皇后や聖武の母である宮子も異母兄弟という複雑な関係にあることは再三にわたり紹介している。

そんな事情もあって聖武太上天皇は独身の孝謙天皇の皇太子に道祖王を遺詔《いしょう》した。だが、聖武太上天皇が崩御すると孝謙天皇は急遽、道祖王の皇太子を廃し、舎人皇子の嫡子・大炊王《おおいおう》を皇太子に指名した。

仲麻呂が道祖王の皇太子に反対し大炊王を推挙したのには訳があった。

仲麻呂の息子・真従《まよう》の妻である粟田諸姉《あわたのもろえ》は裕福な粟田家の一人娘であった。結婚後、真従が病で急逝したが、仲麻呂は粟田諸姉を離縁せず、義理ながら親子関係のまま、彼女の婿として田村第に迎えたのが大炊王だった。彼女は実家の莫大な遺産を一人で相続していたのである。

すると、仲麻呂の宿敵である橘奈良麻呂と、仲麻呂や孝謙天皇によって皇太子を廃された道祖王が近より始めた。奈良麻呂は、仲麻呂に対して不満がある皇子や官人に対し、大炊王の住む「田村第包囲襲撃」や「女帝退位」の檄を飛ばした。

呼びかけに応じ奈良麻呂のもとに馳せ参じた人のなかには、第十次遣唐使の副使で鑑真と共に帰国した大伴古麻呂のほか、大伴古慈斐《こしび》、小野東人《おののあずまびと》、それに長屋王の王子、安宿王《あすかおう》、黄文《きぶみ》王《おう》があり、もちろん、道祖王の存在があった。

長屋王と正妃・吉備内親王の一家は既に絶えていたが、長屋王には藤原不比等の息女・長蛾《なが》子《こ》との間に、安宿王、黄文王、山背王《やましろおう》の三王子と、一人の王女がいた。そして長蛾子やその子女には「長屋王の変」についての処分は課せられなかった。この三王子のなかの二人、安宿王、黄文王が奈良麻呂に荷担した。

だが、この計画は事前に発覚してしまった。長屋王の忘れ形見の残る一人、山背王が密告したためであった。

道祖王らは厳しい追及を受けて「杖下に死」した。つまり杖で打たれる拷問の間に事故死したというわけである。「杖下に死」んだのは黄文王、大伴古麻呂、小野東人らで、安宿王は流された。

内親王はこれを機に、彼の反対者を徹底的に追及し粛清していった。その数は四百にあるものであった。

このクーデターを未然に防いだ後、仲麻呂と大炊王の歌がある。

天平宝字《てんぴやうほうじ》元年十一月十八日に、内裏《うち》にして肆宴《しえん》したまふ歌二首
天地《あめつち》を照らす日月《ひつき》の極《きは》みなくあるべきものを何をか思はむ（巻二十・四四八六）
右の一首、皇太子の御歌

いざ子ども狂《たは》わざなせそ天地の堅《かた》めし国そ大和島根《やまとしまね》は（巻二十・四四八七）

右の一首、内相藤原朝臣奏す

『「さあ皆の者、よく聞けよ、日本の国は神々の、造り堅めた神の国、ゆめゆめ戯《ふざ》けた真似はするなよ」』クーデター鎮圧者はじろりと睨みを利かせている。こんな歌は万葉集ワーストワンの歌ではないだろうか……」。永井路子さんはそう述べている。（「よみがえる万葉人」）

大炊王の即位（淳仁天皇）で、舅の仲麻呂は従一位太師（太政大臣）となり、恵美押勝《えみのおしかつ》と称することが許される。

傀儡、淳仁天皇（大炊王）を擁し、仲麻呂絶頂の時期であった。

ちなみに、大炊王の歌は『万葉集』収載の最後の天皇の歌である。

淳仁廃帝と孝謙天皇の重祚

大炊王が孝謙天皇の譲位によって、即位し淳仁天皇が誕生する。舅の仲麻呂は従一位太師（太政大臣）となり、恵美押勝と称することが許された。その仲麻呂は台閣のトップ太政大臣となり人臣として最高の地位を極め、その勢いは帝王を凌ぐものであった。

だが、実兄の豊成ですら無視したため、彼に同調する藤原四兄弟の従兄弟たちはほとんどなく、孤立した存在であった。そんななかで式家の広嗣の反乱以後、優秀だった北家、清河は唐に渡ったまま帰らなかった。仲麻呂は人臣の頂点を極める過程で、橘諸兄を追放していた。数少ない南家以外で仲麻呂政権に名を連ねた北家の永手、真楯《またて》（改名以前の八束）がいたが、彼らも後に孝謙天皇に走り、彼が意識的に増員した参議は自分の子どもたちのみとなった。そのなかに執弓《ゆみとり》と久須麻呂《くずまろ》がいた。

『万葉集』の歌は「仲麻呂の乱」前後で打ち切られているので、ここで、北家の八束と、執弓と久須麻呂の『万葉集』との関わりについて触れておきたい。

士《をのこ》やも空《むな》しくあるべき万代《よろづよ》に語り継ぐべき名は立てずして

右の一首、山上憶良臣《やまのうへのおくらおみ》の沈痾《ぢんあ》の時に、藤原朝臣八束《ふぢはらのあそみやつか》、河辺朝臣東人《かはへのあそみあづまと》を使はして疾《や》める状《さま》を問はしむ。ここに、憶良臣、報《こた》ふる語《ことば》已畢《をは》る。須《しまら》くありて、涕《なみた》を拭《のご》ひ悲しび嘆きて、この歌を口吟《うた》ふ。（巻六・九七八）

有名な憶良の歌にはこんなエピソードが秘められていた訳である。また天平十五年に安積親王へ、「左少弁藤原朝臣八束の家に宴するに、内舎人大伴宿禰家持の作る歌一首」という家持の歌があるように、八束と家持の交友関係が考えられる。

執弓の歌は、

堀江《ほりえ》越え遠《とほ》き里まで送り来《け》る君が心は忘《わす》らゆましじ

右の一首、播磨介藤原朝臣執弓《はりまのすけふぢはらのあそみとりゆみ》、任《にん》に赴《おもぶ》きて別れを悲しぶるなり。主人大原今城《あろじおほはらのいまき》伝へ読みて云爾《いふ》。（巻二十・四四八二）

「仲麻呂の乱」数年前の作という。

大伴家持の娘に相聞歌を贈った人物、それが、時の権力者、仲麻呂ご令息の久須麻呂君とあれば、家持としても娘婿として大歓迎であったはずである。

家持の「お言葉大変ありがたいのですが、まだ娘はネンネでして……」との返歌に対して久須麻呂は、

藤原朝臣久須麻呂《ふぢはらのあそみくずまろ》の来報《こた》ふる歌二首

奥山の岩陰に生《お》ふる菅《すが》の根のねもころ我《われ》も相思《あひおも》はざれや（巻四・七九一）

春雨《はるさめ》を待つとにしあらし我《わ》がやどの若木《わかき》の梅もいまだ含《ふふ》めり（巻四・七九二）

と応えている。だが、この久須麻呂は孝謙上皇の命により、淳仁天皇から玉璽奪還のため出動した山村王《やまむらおう》らを追尾した際、相手の矢に当たって斃れている。

奈良麻呂の変で、仲麻呂への反感を持つ勢力は粛清されたかに見えたが、それまで仲麻呂よりと考えられていた孝謙天皇自身に看病禅師《かんびょうぜんし》となった弓削道鏡が接近し、孝謙天皇は吉備真備を筑紫から召喚させた。また、北家の永手や真楯（八束）も仲麻呂のもとを離れ、譲位後の上皇側についた。そして、淳仁天皇を廃する孝謙太上天皇の詔勅が発せられると、仲麻呂は太政大臣から一転して反逆者となった。

最終的には近江の地で、彼の全ての子どもたちと共に一族三十余名が戦死、または斬られて果てる。いわゆる「恵美押勝の乱」はあっけない終末を迎える。

孝謙太上天皇は重祚して称徳天皇となり、一時は道鏡絶頂の時代となるが失脚し、女帝崩御後は光仁天皇までの奈良から桓武天皇の長岡京・平安京遷都にいたる。

だが、『万葉集』収載最後の天皇は皇太子時代の淳仁天皇までであり、万葉を通じて眺めてきたものもこれを以て終わりにしたいと思います。

初春の初子《はつね》の今日の玉箒《たまばはき》手に取るからに揺《ゆ》らく玉の緒《お》（巻二十・四四九三）

あとがき

昭和六（一九三一）年、私はこの世に生を得た。当時の満州、奉天郊外の柳条溝で、満州事変から後の日中戦争の発端となった、南満州鉄道爆破事件の起きた年である。軍部の抬頭と大陸侵攻、国際連盟脱退などで世界から孤立した日本は、その後もますます軍国主義の道を歩きつづけた。皇国観の考えと相俟ち、少年たちには神州日本の軍国少年教育が施された。

昭和二十（一九四五）年、無条件降伏により第二次世界大戦は終結した。一転して、それまでの軍国少年たちに、平和主義と民主主義教育がもたらされた。一種の挫折感と戸惑いのなかで、少年たちは敗戦の悔しさをぶっつけるものがないままに、昨日までの態度から豹変したような大人に憤懣をおぼえていた。

少年たちの順応性はいち早く挫折感から回復させたものの、容易に納得しがたいことも多かった。

こんな状況のなかで医師を志した私には、学生時代、医局生活、さらには開業後にも、『万葉集』など無用のものでしかなかった。

還暦近くになり、ふとしたことから万葉をひもとき、特にその時代に生きた皇族歌人たちの生涯に触れ一層の興味を覚えさせるものがあったが、そんな程度の万葉学者や歴史家でもないものが、万葉にかかわるものを上梓することはおこがましいことと思っていた。

思い切って出版を思い立ったものの、素人にとっては不安この上ないものである。幸い旧制中学（福岡県立明善中学校）の先輩で作家の、多田茂治《ただしげはる》、田中博《たなかひろし》の二先輩に色々とご助言、ご教導をいただくことができた。心より深く感謝しています。

かつて、田中博先輩は久留米大学付設中学、高等学校で教鞭を取られていたが、ちょうどそのころ、そこに通っていた私の次男が、先生の指導で読売新聞社主催の全国小・中学校作文コンクールに出品したものが、思いかけずも特選に選ばれた。題して「ふるさとの植物たち」。それにあやかって、第一部を「万葉の植物たち」と名づけた。

万葉に親しみ始めて以降、十数年に四十回近く万葉所縁の奈良・飛鳥の地を訪ねていた。第二部に「奈良、飛鳥に魅せられて」と題した所以である。

最後に、色々の便宜を図っていただいた海鳥社、西俊明社長にも深甚の謝意を捧げます。

平成十五年十二月吉日

荒木靖生

参考図書

『完訳日本の古典』「万葉集一～六」（小学館）
『万葉の歌——人と風土』「一、明日香・橿原、二、九州」林田正男（保育社）
『古典観賞講座』「万葉集一～六」宗左近監修（日本通信教育連盟生涯学習局）
『万葉の秀歌上・下』中西進（講談社現代新書）
『万葉開眼上・下』土橋寛（日本放送出版協会）
『大和文学散歩　万葉の歴史と風土』川南勝・長岡千尋（綜文館）
『全現代語訳　日本書紀上・下』宇治谷孟（講談社学術文庫）
『完訳日本の古典』「古事記」（小学館）
『日本書紀の大和』靏井義雄（雄山閣）
『古代史の旅』黒岩重吾（講談社）
『古代史紀行』宮脇俊二（講談社）
『古代王朝の謎』邦光史郎（日本文芸社）
『人物叢書　持統天皇』直木孝次郎（吉川弘文館）
『人物叢書　藤原不比等』高島正人（吉川弘文館）
『人物叢書　長屋王』寺崎保広（吉川弘文館）
『人物叢書　光明皇后』林陸朗著（吉川弘文館
『人物叢書　蘇我蝦夷・入鹿』門脇禎二（吉川弘文館）
『斑鳩の女帝』鈴川薫（創芸出版）
『改新の女帝——斎明天皇私伝』田中富雄（創芸出版）
『美貌の女帝』永井路子（文春文庫）
『天翔ける女帝』三田誠一（広済堂）
『元明女帝』小石房子（作品社）
『聖徳太子——日と影の王子上・下』黒岩重吾（文藝春秋）
『斑鳩王の慟哭』黒岩重吾（中央公論社）
『磐舟の光芒上・下』黒岩重吾（講談社）
『額田王』山本藤枝（講談社）
『額田女王』井上靖（新潮文庫）
『茜に燃ゆ——小説・額田王上・下』黒岩重吾（中央公論社）
『落日の王子——蘇我入鹿』黒岩重吾（文芸春秋）
『中大兄皇子伝』黒岩重吾（講談社）

『天智帝をめぐる七人』杉本苑子（文芸春秋）
『天の川の太陽　上・下』黒岩重吾（中公文庫）
『天翔る白日――小説・大津皇子』黒岩重吾（中公文庫）
『天風の彩王――藤原不比等』黒岩重吾（講談社）
『穢土荘厳』杉本苑子（文春文庫）
『弓削道鏡上・下』黒岩重吾（文藝春秋）
『天平の甍』井上靖（新潮文庫）
『万葉の華――小説坂上郎女』三枝和子（読売新聞社）

荒木靖生（あらき・やすお）
昭和6年、佐賀県三養基郡田代町田代に生まれる。昭和25年、福岡県立明善高等学校卒業、昭和32年、大阪医科大学卒業後、母校第二外科（麻田外科）医局に入局。昭和41年12月、町村合併後の郷里・鳥栖市神辺町にて荒木外科医院開業、以後、地区医師会理事、県医師会代議員を経て、平成3年、役職を辞し、以降約40回にわたり、奈良・飛鳥を探訪する。

万葉歌の世界

■

2004年2年25日　第1刷発行

■

著者　荒木靖生

発行者　西　俊明

発行所　有限会社海鳥社

〒810-0074 福岡市中央区大手門3丁目6番13号

電話092(771)0132　FAX092(771)2546

印刷・製本　有限会社九州コンピュータ印刷

ISBN4-87415-478-6

［定価は表紙カバーに表示］

http://www.kaichosha-f.co.jp

JASRAC　出0401533-401

海鳥社の本

九州・花の旅　　栗原隆司

お宮の梅や紅葉，菖蒲，お寺の睡蓮や石楠花，椿，教会の水仙や紫陽花，公園や城址の桜や藤など，九州各地の花の名所125か所を紹介。四季折々に咲き誇る花を訪ねる静かな旅への誘い。　176頁／並製／1500円

野の花と暮らす　　麻生玲子

大自然に包まれた大分県長湯での暮らし。喜びを与えてくれるのは，野に咲いた花たち。天気の良い日はカメラを持って，草原に行く。四季折々に咲く花をめぐるフォト・エッセイ。　A５判／128頁／1500円

由布院花紀行　　文　高見乾司　写真　高見　剛

折々の草花に彩られ，小さな生きものたちの棲むそこは，歓喜と癒しの時間を与えてくれる。美しい由布院の四季を草花の写真とエッセイで綴る。　スキラ判／168頁／2600円

絵合わせ　九州の花図鑑　　益村　聖

九州中・北部に産する主要2000種を解説。１枚の葉から植物名が検索できるよう1500種の全てを細密画で示し,写真では出せない小さな特徴まで表現。やさしい解説に加え季語・作例も掲げた。　A５判／624頁／6500円

大隈《おおくま》言道《ことみち》　草径集《そうけいしゅう》　　穴山　健　校注　ささのや会編

佐佐木信綱，正岡子規らが激賞，幕末期最高と目される博多生まれの歌人大隈言道。入手困難であった生前唯一刊行の歌集『草径集』を，新しい表記と懇切な注解で読む。　252頁／上製／2500円

福岡県の文学碑【古典編】　　大石　實　編著

40年をかけて各地の文学碑を訪ね歩き，緻密にして周到な調査のもとに成った労作。碑は原文を尊重し，古文では口語訳，漢文には書き下しを付した。近世以前を対象とした三百余基収録。　760頁／上製／6000円

＊価格は税別